Le Principe de réalité ouzbek

Du même auteur

Une ombre qui marche
L'Arbre vengeur, 2020

Tiphaine le Gall

Le Principe de réalité ouzbek

la manufacture de livres

Si vous souhaitez recevoir notre catalogue
et être tenu informé de nos publications,
envoyez vos coordonnées, en citant ce livre à :

La Manufacture de livres, 101 rue de Sèvres, 75006 Paris
ou
contact@lamanufacturedelivres.com

www.lamanufacturedelivres.com

ISBN 978-2-35887-895-1

Quand il remplit ses feuilles de vœux, le fonctionnaire n'indique pas ses bonnes fortunes : cela n'intéresse pas l'Administration ; il mentionne les postes qu'il désire, énumère les décorations et récompenses qu'il a reçues, mais on ne lui demande pas le nom des femmes qu'il a aimées. Et pourtant c'est la chose du monde la plus importante et la plus grave !

Vladimir Jankélévitch,
L'aventure, l'ennui, le sérieux

Brest, le 1er juin 2019

Madame,

J'ai bien reçu votre lettre datée du 5 avril m'informant que ma candidature au poste de professeur de français et de philosophie au lycée de Tachkent (Ouzbékistan), en dépit de ses nombreuses qualités, n'avait pas été retenue. J'ai pris acte de vos regrets et de votre respect profond.

Je suis cependant moi-même au regret le plus sincère de vous informer que je ne peux accepter votre décision que je me vois, par conséquent, contrainte de refuser.

Cela mérite quelques explications, je vous le concède, et, bien que votre propre refus se fût trouvé raffermi par une plus franche justification, je vais prendre la peine de développer un peu ici les raisons de ma décision.

Vous n'êtes pas sans connaître les motivations principales qui m'ont poussée à candidater au lycée français de Tachkent, unique établissement agréé par l'Agence pour l'enseignement français à l'étranger de toute l'Asie centrale, et que j'imagine volontiers perdu aux confins de la steppe du Doab de Boukhara, vague construction de bois et de peaux siégeant au milieu de quelques yourtes, soumise à l'âpreté du climat sans clémence du désert perse qui aurait forgé la rusticité, la sincérité, et l'authenticité brute de ses habitants.

Le rêve étant un puissant moteur d'action, je vous saurai gré de ne pas me remettre les idées en place en me rappelant que Tachkent est une métropole de deux millions d'âmes, construite en partie pendant la domination soviétique à laquelle le pays fut soumis jusqu'en 1991. Je vous remercie d'avance de ne pas me décrire les larges avenues minérales et austères baptisées du nom d'obscurs héros de la révolution bolchevique, tous pétris d'idéalisme communiste et si empêtrés dans leurs errements qu'il valait mieux, à tout prendre, qu'ils se fissent sauter le caisson plutôt que d'admettre que des innocents périrent au goulag.

Je ne sais que trop bien à quel point la laideur quotidienne s'incruste dans nos vies et a partie liée avec la vision poétique du monde et l'art de prendre sa vie pour un film de Pawel Pawlikowski. J'habite Brest, ville dont l'architecture a dû faire figure, dans le bureau de guingois d'une baraque provisoirement dépêchée au milieu des gravats au lendemain de la guerre, de question superfétatoire à une époque où l'urgence repoussait les questions d'esthétique dans les lointains recoins d'une frivolité négligeable et importune. Je sais bien ce que sont ces avenues à l'horizontalité affligeante, je connais par cœur ces façades grises et planes, où seules des saillies de poutres en béton donnent une forme de relief, géométrique lui aussi, parallélépipédique, à un ensemble d'une sobriété et d'un ennui confondants. Je vis dans cet univers de courbes absentes, de rondeurs évacuées, d'espace rentabilisé et réduit à sa plus stricte utilité. Je me suis trouvée chaque jour depuis que j'arpente cette ville dans la brume d'hiver ou sous la pluie d'été comme un élément incongru et encore trop difforme, plein de courbes et de déliés, de chantournement trivial au milieu de cette rectitude enlaidie par l'usure du temps.

Aussi ne cherchez pas à me faire perdre mes illusions en me décrivant Tachkent comme une autre Brest, cité à la majesté monstrueuse, décuplée pour ainsi dire, se rengorgeant de sa laideur ogresse comme d'une gloire malsaine et anthropophage, s'annonçant toute prête à avaler les derniers débris de l'âme humaine et de sa propension à la poésie, tuant dans l'œuf toute aspiration au sublime, à la grâce et à la beauté. Du moins m'avez-vous présenté Tachkent comme une ville sûre, où il fait « bon vivre en famille », et ces formules dignes d'un prospectus pour tour-operator m'auront suffi, dans l'idée d'un bonheur pondéré et aseptisé, dégagé de toute contingence de la misère humaine toujours prête à se rappeler à notre bon souvenir et dont nous souhaitons tous, n'est-ce pas, préserver nos enfants. Vous me vantâtes la ville à l'occidentale comme le parangon d'un confort assuré. Une perte de repères modérée en somme, à l'image de l'islam pratiqué par la majorité de la population, et dont on espère, pensez-vous, ne pas ressentir la pression.

Il me semble qu'il y a eu un certain malentendu entre nous. Ce que je viens chercher en Ouzbékistan, finalement, ne concerne pas la réalité de ce que je pourrais y voir, y faire, même y vivre. Peu d'événements vécus sont véritablement réels, réels à cent pour cent je veux dire. J'entends d'ici vos objections. Certes, l'obtention du bac ou du permis de conduire, toutes ces étapes qui existent sur papier, validations en quelque sorte certifiées du réel, sont incontestables. Mais avez-vous remarqué qu'il est dans ce cas nécessaire de dresser un constat, de délivrer un diplôme pour s'accorder sur la réalité, pour que les deux parties s'assurent qu'elle a bien eu lieu ; que ce jour-là, à cette heure-là, le créneau réalisé dans les règles de sécurité qui s'imposent, en vertu du Code de la route, a permis à l'inspecteur de convenir que vous étiez apte à conduire un véhicule motorisé de catégorie B, en rase campagne comme sur le périphérique parisien, et entre nous je n'ai *jamais* conduit sur le périphérique parisien et je m'y refuserai fermement tant j'ai le sentiment que ce serait risquer ma vie ainsi que celle des potentiels passagers qui auraient l'inconscience de monter à mes côtés. C'est bien moi pourtant qui ai réalisé le créneau en prenant toutes les précautions nécessaires ce 21 novembre 2009, m'ouvrant ainsi le droit d'aller où bon me semble sur les routes carrossables du globe, sans limites de temps et de distance, pourvu que je ne fasse pas trop d'impairs, et quelle plus belle illusion de la liberté peut-on imaginer que cela ?

Exception faite de ces quelques moments où le réel s'impose, quelle part la réalité tient-elle dans notre vie ? Y avez-vous déjà songé ? Je me garderai bien de répondre à votre place. En ce qui vous concerne, je ne sais pas. Il est vrai que, pour ça comme pour le reste, pas d'uniformité. Et prétendre connaître quelque chose à la nature humaine est bien la dernière bêtise à laquelle je me risquerais. Mais pour l'être subjectif que je suis, la réalité tient une part bien petite, négligeable même souvent, de la substance existentielle. L'essentiel de ce qui fonde les événements de mon quotidien relève de l'impression, de la sensation, de la synesthésie même, de l'interprétation chimérique qu'une pensée, un mot, ont pu faire naître en moi. Ne croyez pas pour autant que je suis « dans mon monde », coupé de l'autre, celui dans lequel les gens, vous, toute l'humanité vit. Je suis aussi ancrée que vous, aussi amarrée à la terre qu'une bernique à son rocher. Seulement tout ce que je perçois est intimement relié à l'espace de ma vie intérieure. Voici deux jours par exemple qu'une image revient, me poursuit, me hante presque, et je sais que cette image, trouble dans ma pensée, colore chacun de mes gestes, habite mes paroles, y compris quand je mets le dentifrice sur la brosse à dents de mes enfants, ou que je rappelle à ma fille de prendre son sac de piscine pour l'école, car on est jeudi. L'image est là, en surimpression, et il serait même abusif de parler d'image ; cela tient davantage d'un souvenir esquissé, d'une imprégnation, de la mémoire de l'eau. Oui, quelque chose qui de l'ordre de l'homéopathie des impressions, aussi ténu ; quelque chose comme la sensation d'une main qui vous aurait pressé le bras pendant quelques secondes à peine, et dont votre peau conserverait la prégnance, car elle est marquante, surprenante, car une main vous saisissant ainsi, vous touchant, est si rare et que cela vous émeut, aussi gardez-vous un certain temps la sensation nette de la pression, quand bien même personne ne vous touche plus.

En l'occurrence, il ne s'agit pas d'une main, mais d'un regard. Un regard bleu liquide échangé dans un couloir alors que je partais, et que signifiait ce regard pour qu'il me poursuive de la sorte ? Était-il seulement intentionnel ? Quelle importance avait-il pour celui qui me l'a lancé ? Que contenait-il d'indicible et d'inexprimable ? Que disait-il de ce qui ne se dit pas ? Que portait-il d'ineffable qui a touché une part si profonde de mon être qu'elle échappe à toute formulation ?

Et pourtant, quoi de réel ? Quoi de concret, palpable, matériel ? Tout ce que je pourrais affirmer à propos de ce regard, cette sorte de supplique qui semblait déjà tout comprendre de ce qui n'adviendrait pas en même temps qu'elle portait l'espoir que le désir fait naître, toute la connivence des âmes qui *savent* sans besoin de rien exprimer, ne concerne que moi, mon intuition, ma sensibilité (d'aucuns diraient ma sensiblerie) et une sorte d'instinct que notre cartésianisme nous pousse à réprouver. Et contre combien de regards de ce genre Descartes lui-même dut-il lutter pour fonder son *cogito* ? Sans vouloir substituer la phénoménologie à l'existentialisme, la question mérite d'être soulevée, ne trouvez-vous pas ? D'ailleurs, le fondement de son interrogation est légitime. C'est juste la réponse qu'il y apporte et dont on s'est trop souvent satisfait qui est discutable et, à mon sens, insuffisante. Je ne cherche pas, cela dit, à ouvrir le débat. J'ai bien vu, lors de notre entretien, combien il vous intéressait peu de connaître mes compétences en matière de philosophie alors même qu'il me faudra enseigner cette discipline à des élèves préparant l'épreuve du baccalauréat et qu'elle ne constitue en aucune manière ma spécialité. Quand j'ai abordé la question lors de notre échange, et cherché à justifier mon aptitude dans ce domaine, vous avez éludé le sujet et vous êtes contentée d'un argument un peu fallacieux à mon sens, témoignant peut-être de votre limite à conduire ce genre d'entretien dans le champ de vos propres compétences, arguant qu'il suffisait d'être motivé pour y arriver, et que cela ne poserait aucun problème. J'ai bien vu qu'il vous importait peu, dans le fond, de trouver un candidat compétent professionnellement. Vous cherchiez plutôt quelqu'un qui résisterait à l'épreuve, qui n'aurait pas la tentation de se carapater à toutes jambes au bout de trois mois, tant l'expérience de l'altérité l'aurait éprouvé, tant la confrontation au divers et à l'infinie opacité du monde l'aurait plongé dans un abîme de doute et d'angoisse, provoquant un immense vertige impossible à apaiser.

C'est la raison pour laquelle vous vous inquiétiez davantage de savoir ce que ferait mon compagnon là-bas que de vous assurer de mes qualifications. C'est la raison pour laquelle l'atout principal de ma candidature semblait être la force d'une venue en famille plutôt que seule, la puissance d'un couple solide et de deux jeunes enfants scolarisés et non celle de ma fraîche agrégation, obtenue à la sueur de mon front et par un travail acharné. Il y avait donc dès le début maldonne, notre échange était biaisé et, sachez-le, l'entretien que vous avez conduit n'était pas du tout celui auquel je m'étais préparée.

En ce qui concerne Descartes, rassurez-vous : je ne vous demanderai pas votre avis. Je me garderais bien de trancher sur le sujet, et d'ailleurs, s'il vous était venu à l'idée de me poser la tarte à la crème de la question de recrutement en me demandant un défaut qui me caractérise, peut-être vous aurais-je parlé de ma versatilité, de mon irrésolution, et qu'est-ce que cela a à voir avec le fait d'enseigner les lettres et la philosophie ? Ne serait-ce pas justement la base de toute attitude philosophique, ce qui autorise l'ouverture au modelage spirituel du dialogue socratique ?

Descartes pose une question juste, une question fondamentale même : celle de la réalité de notre existence. Il ne part pas du principe qu'elle est acquise, qu'elle est donnée. Il va la chercher dans le noyau dur de notre pensée, ce qui est tout de même déjà une démarche courageuse. Je dis simplement que nous avons clos le débat un peu vite, nous contentant de façon trop complaisante d'une réponse simple et simpliste à une interrogation existentielle majeure et complexe.

Car qui peut affirmer quelle était la réalité de ce regard ? Moi qui l'interprète à l'aune d'impressions fugaces, éprouvées une seconde à peine, la seconde électrique d'un regard échangé dans un courant d'air avec un collègue que j'apprécie, mais que je connais à peine ? Quelques discussions au déjeuner sur la pensée proustienne, et encore. Conrad autour d'un café à la pause de dix heures, la poésie de Lorca sur le parking du lycée avant de regagner nos pénates. Qui détient la réalité de ce regard ? Certainement pas lui qui ne pouvait pas se voir et dire ce qui se passait, *involontairement* sans doute, et peut-être même *inconsciemment*, ainsi qu'un dialogue de cœur à cœur pour reprendre un poncif des romantiques de la première heure qui, sachez-le, n'ont pas raconté que des niaiseries ineptes. Au moins ont-ils eu le mérite (les romantiques) d'attribuer un quelconque pouvoir à la force des émotions, à la puissance du sensible, ce que les réalistes purs dans la veine de Balzac et Zola, ces hygiénistes de la pensée analytique, ont réfuté à tous crins, cautionnant à fond le positivisme et prétendant légitimer leur art par les arguments des sciences dures, s'enfermant à mon sens dans un piège qui les avait conduits jusqu'au cul-de-sac de leurs propres contradictions. Il y a quelque chose de schizophrénique chez un Zola, n'y avez-vous jamais pensé ? L'idée sociologique de réduire l'humain à un engrenage ? Et on y a cru. Au réel.

Vous voyez la scène ? Je m'apprête à partir, je pousse mon vélo jusqu'à la sortie, et comme par hasard il arrive juste à ce moment-là dans le couloir, pas tout à fait un couloir ; la coursive d'un cloître plus exactement, d'où l'ombre, le courant d'air. Nous échangeons quelques mots, abordons l'idée de nous revoir, car il sait que je pars, je lui en avais parlé et il avait salué mon projet. L'Ouzbékistan, ce n'est pas l'autre bout du monde, mais c'est suffisamment loin tout de même pour imaginer qu'on ne se reverra pas de sitôt. Oui, voyons-nous avant mon départ, lui dis-je, et sur ces entrefaites ma collègue de maths arrive, elle tient à me dire au revoir elle aussi, à me dire combien elle m'appréciait, et je reviendrai les voir, n'est-ce pas ? Bien sûr, je reviendrai, bien sûr. La collègue est bavarde, elle ne veut pas partir, ce serait à moi de saluer et de m'en aller, mais voilà : il y a *lui*, avec ses yeux bleus et délicats, son visage fin d'enfant triste, celui qui a été interrompu et qui attend, accroché à mon vélo pour ainsi dire, de pouvoir reprendre notre conversation là où nous l'avions laissée. Et moi j'attends aussi et je souhaiterais que la collègue de maths, aussi gentille soit-elle avec ses paroles pleines de sollicitude, nous laisse enfin seuls, convenir d'un rendez-vous, et c'est à ce moment-là que je me suis tournée vers lui, mes mains toujours agrippées au guidon, ma longue jupe balayant l'air, et que nos yeux se sont croisés, que j'ai vu son regard s'accrocher au mien, alors qu'il dérivait sur ma gorge, son regard mouillé de doute, de désir, son regard implorant et bouleversant.

Mais c'était juste un regard, pur, sans mots collés dessus. Les mots, c'est moi qui les formule, pour tenter de comprendre pourquoi. Pourquoi ce regard me poursuit depuis tous ces jours, pourquoi il m'habite pendant que je coupe les courgettes, que je jette les pommes de terre dans la poêle, pendant que je conduis mes enfants à la voile, et pendant que je vous écris. C'est un regard sans mots pour le définir, et tous les qualificatifs que je pourrais bien lui appliquer n'engagent que moi, et d'ailleurs ils sont inexacts, toujours *à côté* de cet instant, ils ne font que l'encercler sans jamais y adhérer. Ce qui m'habite et me poursuit n'est pas factuel. Et pourtant cela m'emplit. Cela change la couleur du jour. Vraiment.

Tout cela pour vous dire que l'idée que je me fais de Tachkent, ma projection de l'Ouzbékistan, n'est probablement pas conforme à la réalité, à une certaine forme de réalité, mais qu'en même temps cela n'a strictement *aucune* importance. D'où il n'y a aucun intérêt non plus à ce que vous tentiez de me décrire avec exactitude ce qui m'attend, que vous vous efforciez de faire coller mes représentations au plus près de votre propre expérience de l'Ouzbékistan, et quelle importance cela a-t-il puisque votre expérience vous regarde, et d'ailleurs depuis combien de temps vivez-vous dans cette démocratie d'une nouvelle forme qu'on appelle pudiquement une « dictature souple » et là encore où se situe la réalité si vous questionnez les journalistes, les féministes, les écrivains, les peintres, les philosophes et les politiques de l'opposition ?

Votre regard sur la vie là-bas n'est-il pas tout aussi biaisé que le mien ? Bien sûr, bien sûr, je vous l'accorde : il y a le principe de réalité. Celui qui fait qu'on peut sortir dans la rue avec deux enfants blancs et blonds sans craindre qu'ils ne se fassent enlever à chaque coin de boulevard, celui des accords d'Alma-Ata qui découpèrent à la règle les frontières du désert du Kyzylkoum, dissociant ainsi le Turkménistan de l'Ouzbékistan et l'Ouzbékistan du Kirghizistan et du Kazakhstan et de l'Afghanistan. Le principe de réalité, en vertu de ce même traité, enclava totalement l'Ouzbékistan qui se retrouva sans accès à la mer, si l'on excepte la mer d'Aral, mais peut-on considérer comme une mer cette vaste étendue de sel asséchée, dont les ressources en eau s'épuisent à mesure que l'exploitation du coton augmente, et quand tout cela finira-t-il ?

Je ne connais ni votre histoire ni votre parcours, c'est là le jeu de la verticalité de l'entretien, vous en savez beaucoup plus sur moi que je n'en sais sur vous, et il aurait probablement été déplacé que je vous questionne à ce sujet lors de notre échange. Pourtant il m'aurait semblé important, dans la perspective de notre relation professionnelle future, d'en connaître un peu plus sur vous et sur les raisons de votre exil.

À ce que j'ai pu observer, rien ne permet de penser à un quelconque métissage arabo-persique, ou franco-mongol ou quoi que ce soit d'ailleurs. Blonde et pâle comme vous êtes, le visage plutôt rond, les traits d'une douceur amène que la transparence des yeux nimbe d'un certain mystère ; rien ne permet de vous attribuer un quelconque exotisme, la plus petite parenté avec l'ailleurs, ne vous en déplaise. Peut-être ai-je perçu chez vous, en dépit de la fantaisie du motif fleuri de votre tenue, un léger conformisme, à cause de votre vision patentée de la famille sans doute, de vos questions au sujet de mon « mari », de sa situation. Cela vous choque-t-il donc que nous venions nous installer au fin fond de l'Asie pour mon métier et non pour le sien ?

Qu'est-ce qui vous aura donc exilée loin de votre famille et de vos attaches ? Avez-vous grandi dans le voyage ? Fille d'ambassadeur aux quatre coins du monde, évoluant entre les murs de jardins luxuriants, fréquentant d'autres apatrides nantis comme vous, héritiers coloniaux refusant de se mêler aux indigènes, et de fait bâtissant savamment leur cage dorée, faisant advenir le danger duquel ils prétendaient se prémunir tout en feignant de l'ignorer tandis que l'on buvait du whisky *on the rocks* au bord des piscines et dans les immenses salons richement meublés de bois exotiques, de tentures damassées, de fauteuils de cuir et d'indiennes en velours ? Mais les filles d'ambassadeur deviennent-elles enseignantes ? Car telle est votre profession, il me semble, avant que vous soyez devenue directrice de l'ensemble du groupe scolaire français de Tachkent.

Auriez-vous grandi dans une tour d'Aubervilliers avant de vous exiler aux confins de l'Asie centrale à la suite d'un chagrin d'amour ? Allons, j'ai l'âme romanesque, et croire à une telle histoire me plaît. Auriez-vous plus classiquement suivi votre mari qui aurait accepté l'expatriation contre un juteux revenu, missionné qu'il était pour coordonner l'exploitation des puits de pétrole du pays ; et saisissant l'opportunité de partir ailleurs qu'en Arabie saoudite ou au Yémen, vous auriez béni votre chance ? Et vous, pour vous occuper peut-être plus que par véritable souci d'indépendance économique, vous auriez trouvé un poste au lycée français et, le temps passant, les enfants grandissant (vous avez des enfants ? Deux ? Blonds comme vous, j'imagine?), et surtout, restant à quai quand tout le monde avait la bougeotte, car c'est une véritable façon de vivre chez ces enseignants du voyage au long cours, vous auriez été préposée à cette fonction de directrice, sans que cela relève d'un quelconque talent de votre part sinon de votre capacité à durer sur place. Étrange expérience sans doute que celle de rester à poste quand les autres ne font qu'une étape, arrivent de Bombay ou de l'Ontario, s'établissent pour deux, trois ans à Tachkent avant de refaire leurs valises et d'aller voir ailleurs s'ils y sont, à Valparaiso ou au Vanuatu, sur les îles Fidji ou en Patagonie. Étrange conception de la vie que de la considérer comme une succession d'expériences, que d'établir la géographie mondiale comme terrain de jeu, avec l'idée que la partie ne sera belle que dans la mesure où la plus grande diversité aura été embrassée. Parcourir la terre comme on grignote un gâteau immense, par petits bouts, faisant de la plénitude sensorielle une fin en soi, l'accomplissement même de l'existence en même temps que sa justification. Ça ne se juge pas, chacun ses petits arrangements avec la vie, chacun sa stratégie pour y croire encore, avec le temps j'ai appris à connaître la mienne, et quelle est votre propre technique ? L'histoire que vous vous racontez pour vous lever le matin, à présent qu'il n'est plus à démontrer combien la vie est absurde ?

Comme je vous l'ai expliqué lors de l'entretien, nous ne faisons pas partie de cette catégorie de gens qui se nourrissent du voyage. J'ai moi-même très peu voyagé, regretté, plus jeune, de ne pas le faire davantage, et qu'est-ce qui m'en a empêchée me direz-vous ? Question légitime, et ma réponse aurait toutes les raisons de vous faire croire qu'elle relève de la plus pure mauvaise foi ; c'est pourquoi je ne souhaite pas m'appesantir sur le sujet, nous aurons amplement le temps d'en parler à mon arrivée au mois de septembre, ou plus tard dans l'année à votre convenance.

Nous sommes par ailleurs attachés à notre vie à Brest, en dépit de tous les inconvénients liés à cette ville, à sa situation géographique, à son climat, et à son architecture déplorable comme je l'ai déjà évoqué. Nous aimons la vie que nous y menons, les relations que nous y avons, avec le temps, développées, et il faut bien le dire, la présence quotidienne, visible ne serait-ce qu'en toile de fond, de la mer. Nous n'envisageons donc pas notre venue comme un point de départ vers de lointains horizons, nous n'avons pas l'intention d'embrasser une vocation de globe-trotters, même si, vous le savez comme moi, qui sait ce dont l'avenir sera fait ? Le plus dur est toujours de partir, n'est-ce pas ? Et une fois dans le mouvement, dans le voyage, on réalise que la vie est ailleurs, et souvent tout aussi (et peut-être même davantage) douce, plaisante, foisonnante, désirable. Peut-être que Tachkent sera ainsi le point de départ d'une plus longue aventure. Oui, peut-être. Mais telle n'est pas notre intention. Ce n'est pas la disposition dans laquelle nous partons. Nous venons vivre une parenthèse, et ensuite nous rentrerons gentiment chez nous, à l'extrême de l'Occident, dans notre chère pointe bretonne, loin du tumulte parisien, et pour moi qui arrivais de Paris justement, il y a près de quinze ans maintenant, ne peut-on pas dire que j'ai déjà en quelque sorte vécu cette expatriation, tant le sentiment d'exil peut être fort quand on passe d'un environnement à l'autre, d'une mentalité à l'autre, et tout cela est très différent, bien sûr. Rien à voir avec vous, qui êtes passée du fin fond du Berry à l'Ouzbékistan, mille excuses.

Cette envie de voyage est, avec l'attachement à Brest, ce qui nous a toujours liés, Mathias et moi, car celui que vous appelez mon mari se prénomme Mathias. Quand je l'ai rencontré, Mathias revenait d'une année au Chili, il avait effectué son stage de fin d'études à Santiago, puis était resté travailler dans l'entreprise qui l'employait et avait finalement passé deux mois à sillonner la cordillère des Andes à pied et en voiture au péril de sa vie (car monter dans une voiture là-bas relève du péril figurez-vous). Il avait aussi, avant ça, passé plusieurs mois dans les pays baltes, à travailler dans des exploitations agricoles en échange du gîte et du couvert. Que fallait-il de plus pour que j'y croie, au mythe du baroudeur à qui on ne la fait pas, du pérégrin qui en a vu d'autres et qui est revenu de tout, sauf peut-être de l'amour qu'il n'a pas trouvé, quand bien même il a arpenté le monde pour trouver *sa* moitié, et qu'en dépit de tout ce qu'il a vu, vécu, exploré, découvert, c'est vous qu'il a trouvée (moi en l'occurrence), choisie, élue, aimée, et épousée (ou pas, mais c'est tout comme) ? N'est-ce pas qu'il y a un peu de ce petit fantasme derrière la fascination que nous éprouvons, nous les femmes, pour les voyageurs ? Le plus honnêtement du monde, en mettant notre orgueil dans le placard, ne sommes-nous pas encore, toujours, malgré tout, à croire, à espérer, ou à feindre la nécessité de notre amour ? Avez-vous lu *Le Banquet* de Platon ? La conception de l'amour selon Aristophane ? À l'origine des temps nous étions des êtres pleins, dotés de deux têtes, quatre bras, quatre jambes, et parfaitement heureux. Mais tout ce bonheur attisant la concupiscence des dieux qui, c'est bien connu, sont des modèles de perversion et de vice, ne pouvait durer. En guise de punition, ils séparèrent en deux chaque être humain, ne leur laissant qu'un moyen précaire de s'emboîter et de restaurer ainsi de façon éphémère la plénitude originelle. Et c'est depuis ce jour que nous arpentons le monde, seuls, malheureux, à la recherche de notre moitié. Douce mythologie. Mais où vont-ils chercher tout ça, les Anciens ? Pourtant, c'est à ce mythe que nous croyons, à l'accomplissement dans la quête de notre hypothétique alter ego qui se baladerait quelque part dans un des recoins du monde, malheureux comme nous, incomplet comme nous, en errance entre deux mondes, inconfortablement assis à califourchon sur sa condition mêlée d'être humain. Nous y croyons dur comme fer, surtout nous, les femmes. Allez, vous faites la forte, mais cela ne vous va pas. Avouez. Que c'est là, quelque part en vous. Cette vibration, cet espoir. Et, malheureux dans le mariage, on se console en se disant que l'on s'est *trompé*. Ce qui permet au mythe de la moitié de durer encore. C'est le but ultime et inavoué de notre existence. Sa fin et sa résolution.

Alors moi rencontrant Mathias, qui revenait de l'autre bout du monde sans y avoir trouvé sa moitié, moi qui croyais arriver à l'autre bout du monde en débarquant à Brest (alors que là encore, il y avait méprise, c'est simplement *le* bout du monde, rien à voir), j'ai vraiment eu l'impression que le destin l'avait mis sur mon chemin, et j'ai vraiment cru que moi j'avais eu cette chance. J'ai béni le ciel qui consacrait notre amour, et j'ai eu le sentiment qu'enfin ma vie trouvait son sens et sa cohérence. Je l'ai aimé avec la force de la démesure, je l'ai aimé au point de ne plus avoir peur de rien, ni de l'engagement, ni de l'attachement, ni de la vulnérabilité dans laquelle l'état d'amour nous plonge. J'ai déposé mon âme à ses pieds sans aucune crainte, comme on offre une fleur, avec la foi des convertis, de ceux qui ne doutent plus, de ceux qui *savent*. Et je me suis nourrie de cet amour, et j'ai vécu pour cet amour, et j'ai remercié tous ceux qui avant lui n'avaient pas voulu de moi, et m'avaient poussée au désespoir. Avez-vous vécu la déchirure des chagrins d'amour ? Oui, qui ne l'a pas connue, n'est-ce pas ? Eh bien moi, je les ai remerciés, ces hommes de peu de foi qui n'ont pas vu la personne en moi, qui ont profité de mon corps sans vouloir me connaître, qui ont joui de moi sans vouloir la rencontre ; et si ce commerce des corps apporte de la satisfaction à certains, moi je n'ai jamais pu m'y résoudre, comme si niant ce qui ne relevait pas du désir charnel l'être pensant que j'étais se trouvait avili, et même aboli. Curieuse association ? En vérité je crois que je réprouve cette idée de dissociation ; pas de corps sans affect, pas de sexe sans amour, trouvez-vous cette conception rétrograde ? Je ne vis pas avec mon temps, sachez-le. Cela dit, concernant ma venue à Tachkent, je ne pense pas que cela pose de problème. Si ? Le temps chez vous bat la mesure à un autre rythme, si je m'en réfère à votre délai de réponse après notre entretien. Mais pour en revenir au commerce des corps, je pense qu'on a brandi la liberté sexuelle sans engagement comme un modèle de progressisme, comme l'accomplissement de l'émancipation du diktat normatif imposé par la société, et je ne suis pas tout à fait d'accord.

L'expression « faire l'amour » ne trompe pas. Quelque chose se joue dans l'acte sexuel qui dépasse de beaucoup le simple accouplement. Il est faux de penser qu'il ne s'agit que d'une affaire d'assouvissement corporel. C'est là la sotte croyance que l'on a élaborée pour le sortir des ornières du mariage où le sexe macérait depuis trop longtemps à la manière d'un biscuit ramolli trempé dans le thé. L'amour est libre, revêche, et s'accommode mal des carcans d'un contrat rigide, moulé dans la peur virile d'une descendance bâtarde. Mais il ne peut se réduire pour autant à une partie de jambes en l'air, à un youplaboum sur canapé, à de la baise pour le dire crûment. On a trop tôt fait d'évacuer la métaphysique de l'acte sexuel. Et par métaphysique j'entends tout ce qui se joue de transcendantal dans l'union des corps, l'opération magique qui dépasse l'acte organique et animal ; par métaphysique je désigne ce courant, ce flux océanique qui naît des profondeurs du ventre et nous enveloppe, nous accueille, nous allège, nous porte, nous soulève, révélant l'insoupçonnable légèreté de l'être, cette membrane de douceur invisible entre soi et le monde, et qui nous pousse irrésistiblement vers l'autre, qui nous unit à lui bien plus fermement et durablement que n'importe quel registre signé en grande pompe et robe blanche devant un fou de Dieu.

Faire l'amour, c'est fabriquer de l'amour, créer un sentiment là où il n'y avait que du désir. Faire l'amour, c'est révéler un appétit immense, un besoin que nous taisons, et qui bien souvent sommeille dans un recoin de nos entrailles. Faire l'amour, c'est s'offrir entièrement, pas simplement la nudité des corps ; c'est un don de soi complet, entier, sans compromis ni demi-mesure. C'est prendre conscience de soi. C'est exister en l'autre. Une manière de se prolonger, de faire l'expérience de la plénitude. Et c'est pourquoi faire l'amour n'a rien d'anodin. Rien de futile. C'est pourquoi l'acte amoureux est une si grande affaire.

Ainsi, si je partage l'idée de lutte contre le conformisme de nos vies, si je milite pour le risque des choix libres, des modes de vie hors des sentiers battus, je ne me retrouve pas dans cette solution consumériste qui consiste à séparer le corps de l'âme.

Je ne me suis jamais satisfaite de cette exploration du désir hors de toute dimension sentimentale, voire spirituelle. Vous est-il arrivé de coucher avec un con ? Je veux dire, vous est-il arrivé d'en pincer pour un type qui vous a séduite, et puis finalement, passé quelques jours, de vous rendre compte qu'il s'agit en réalité d'un pauvre mec borné et obtus, avec des idées étroites comme le filtre en carton de ses pétards ? Non, évidemment, vous, bien trop sage, rangée, n'avez connu qu'un seul homme dans votre vie, rencontré au bal du lycée à dix-huit ans, vous vous êtes mariée et coulez de longs jours paisibles (j'allais écrire : pénibles). Et n'avez-vous jamais eu l'envie, ne serait-ce que par curiosité, d'aller voir ailleurs ? Vous paraissez si sage, si lisse, mais je sais qu'il ne faut pas se fier aux apparences. Méfiez-vous de l'eau qui dort, etc. Peut-être, après tout, avez-vous une vie sexuelle débridée, et qu'y aurait-il à dire du polyamour dans une dictature souple d'Asie centrale ?

Je suis favorable à toutes les formes d'amour, mais je réprouve ceux qui croient se préserver du danger. Ceux qui veulent l'amour sans l'abandon, sans le risque de la souffrance, ceux qui veulent l'amour en conservant leur intégrité. Cette forme d'amour économe, distanciée, hygiéniste, me rebute profondément. Me dégoûte même. L'amour nous fait courir le risque d'y laisser des plumes. Et c'est ce à quoi il faut consentir pour qui veut le vivre vraiment. Moi, je n'ai pas hésité une seconde, et voilà encore quelque chose qui me caractérise, de me jeter à bras-le-corps dans chaque expérience de la vie, cherchant à l'éprouver, à découvrir ce qu'elle a dans le ventre, et jusqu'où elle peut me mener, et jusqu'où elle ose se désolidariser de toute forme de vraisemblance, jusqu'où elle accepte de me suivre dans mes fantasmes, et avez-vous remarqué comme parfois la vie nous propose des scénarios à peine croyables, dignes d'un film cousu de fil blanc pondu par un scénariste asséché ?

J'ai foncé tête baissée, vécu cet amour pleinement, et me suis raconté l'histoire du baroudeur à qui on ne la fait pas. Mathias était infiniment tout ce que je n'étais pas : entreprenant, pragmatique, profondément tolérant, altruiste, et prévenant avec ça. Et puis, lui aussi il m'aimait, follement. Je le voyais dans ses regards, dans ses gestes, dans l'inflexion de sa voix, et dans cette façon que nous avions de nous suffire à nous-mêmes. Je me souviens d'une image : nous nous séparons au petit matin, et je le regarde s'éloigner dans la rue. J'observe cette grande silhouette, forte, ces épaules puissantes, ce pas souple et confiant. J'étais démesurément fière de lui. C'était *mon* homme. Et il justifiait désormais du sens de ma vie. Ne croyez pas que j'exagère ; moi à côté de lui, je me trouvais insignifiante, grise, et je me demandais parfois, légèrement troublée, comment un homme comme lui avait pu jeter son dévolu sur une fille comme moi. Il y a probablement quelque chose de l'ordre de la contamination dans nos projections sur l'autre. Comme si la beauté de Mathias déteignait sur moi et que s'était alors opérée une métamorphose. Car, du jour où nous avons été ensemble, j'ai senti que les hommes me regardaient avec une insistance jamais encore perçue. J'ai été sidérée de réaliser que je paraissais, soudain, *désirable*. Pour moi c'était nouveau. Absolument inédit. Que s'était-il passé ? Ouvrais-je enfin les yeux sur une réalité préexistante ? Ou bien était-ce son amour qui imprégnait chacun de mes gestes, leur accordant la grâce et la fraîcheur de la simple confiance ? C'était comme si mon absolue satisfaction, mon épanouissement transpirait, et attirait. Je voyais ces regards, et j'en étais émue, vaguement touchée, mais jamais davantage. J'étais entièrement comblée, ravie, emportée, par mon amour pour Mathias.

Nous évoquions souvent les voyages que nous ferions, et nous en parlions tant et si bien que nous ne semblions pas avoir besoin de les vivre vraiment. Nos quelques villégiatures dans les pays limitrophes lors des vacances nous confortèrent dans l'idée que nous nous plaisions dans notre vie naissante à travers notre amour dans une petite ville du bout du monde, face à l'étendue infinie de la mer qui offre déjà tant de prise à l'imaginaire et à l'évasion. Et puis cette forme de voyage ne nous satisfaisait pas ; nous nourrissions des desseins plus grands, il nous fallait des projets à la démesure de nos vies. Les petites escapades ne comptaient pour rien, elles étaient pour ainsi dire insipides, ne répondaient que trop peu à notre quête d'ailleurs, à notre besoin d'expérience radicale, inédite. Tout le monde part dix jours en Crête, à Pâques. Tout le monde « fait » Barcelone, la Corse, la Sicile. Nous n'y voyions qu'un avatar du conformisme social, un moyen sage et raisonnable d'avoir le sentiment de nous échapper de nos vies quand nous gardions les mêmes chaînes. L'illusion de faire un pas de côté dans la voie prétracée par notre dictature capitaliste pour mieux nous la faire avaler, patiemment, jour après jour, année après année, sans nous indigner, sans nous rebeller contre cette vie normée que le système avait choisie pour nous. Nous voulions plus grand, plus loin, plus longtemps. Nous voulions autre chose, autrement. Nous voulions sortir des sentiers battus. Avec le recul, je me dis que cette ambition était sans doute trop grande pour nous. Ou peut-être ces projections étaient-elles une façon de tenir le modèle à distance sans pour autant lui tourner le dos ? Peut-être notre amour affaiblissait-il notre volonté ? Peut-être anticipions-nous déjà, en quelque sorte, l'inévitable lassitude, et percevions-nous, tapi dans l'angle mort de la passion, l'ennui qui faisait des percées à travers les claires-voies de notre chambre à coucher ? Confusément, nous comprenions qu'il nous fallait, pour envisager le futur, pour durer dans le temps, ces projets qui fondent une union, ces projets, pour un jour, mais pas tout de suite. Car l'immédiat avait amplement à se nourrir du désir, des baisers et des regards, des souffles courts de nuits blanches. Il n'y avait pas de place pour un ailleurs, pas de place finalement pour grand-chose d'autre que notre amour.

Excusez-moi, mais vous parler de ça aujourd'hui me trouble. Tout ça me semble si proche et si lointain à la fois, de ces jours-là à aujourd'hui il n'y a qu'un flot ininterrompu de jours sans véritable rupture, sans avant ni après, et pourtant tout est tellement différent désormais, et que reste-t-il de cet amour originel et primordial dans les regards que nous échangeons le matin au réveil, dans ce face-à-face distrait qu'impose la conjugalité ? Oui, le drame est peut-être celui-là : ma conscience intime que tout cela n'est qu'une enfilade de jours. Et que nous arrivons probablement à ce moment où nous avons besoin, pour la simple pérennité de notre couple, de sortir une carte de notre manche, et je sais que c'est maintenant qu'il nous faut assouvir notre envie d'ailleurs.

À ce propos, n'allez pas imaginer que je n'ai pas pris acte de votre refus, ou que je feins de le nier : pas du tout. J'ai été particulièrement touchée par votre décision, bouleversée même. Sachez que j'ai longuement tergiversé avant de vous écrire, et avant de prendre la décision extrême à laquelle vous me voyez obligée : celle d'invalider votre décision, alors même que je sais la situation délicate dans laquelle vous allez vous trouver, forcée de prévenir la personne que vous avez choisie à ma place que la confirmation d'installation à la rentrée prochaine est nulle et non avenue. Je sais dans quel pétrin vous allez vous retrouver par ma faute, et j'en suis sincèrement navrée. Si j'avais seulement pu faire autrement, soyez bien assurée que je l'aurais fait. Mais il est de ces choix dictés par une nécessité indépendante de notre volonté.

J'ai tout de même été ébranlée par votre message, et j'ai, au moment de sa lecture, été comme frappée par un sentiment d'absurdité. À présent que l'on reçoit ses mails directement sur son téléphone portable, et que l'on en est averti par une petite sonnerie qui tintinnabule n'importe où n'importe quand, il n'y a plus de limites à l'incongruité du cadre dans lequel on reçoit les bonnes ou les mauvaises nouvelles. On n'est plus à l'abri. Le mail n'est plus réservé à l'espace du bureau, à l'ordinateur que l'on allume, avec le temps de préchauffage comme une sorte de vestibule pour l'esprit. Non, le mail arrive de façon inopinée, et c'est ainsi que j'ai découvert le vôtre de manière tout à fait cocasse, entre la poire et le fromage dirait-on, tandis que je traversais le cloître du lycée pour regagner le parking à vélos. J'aurais pu attendre, me direz-vous, pour lire votre message ; il ne tient qu'à nous en effet de ne pas devenir esclave de nos technologies, et de savoir remettre chaque chose à sa place et chaque activité à son lieu. Oui, mais, outre le fait que l'organisation et la dissociation des tâches n'est pas mon fort, que j'ai une fâcheuse tendance à tout mélanger et à tout amalgamer, il se trouve que je vivais depuis plusieurs semaines, pour ainsi dire, pendue à mon téléphone et à un signe de votre part. Vous avez éprouvé ma patience, savez-vous, et je ne vous en tiendrai pas rigueur, il est hors de question que cela altère notre relation future, mais il n'est pas correct à mon sens de promettre une réponse une semaine plus tard et de repousser ainsi de semaine en semaine une décision qui engage l'avenir proche d'une famille de quatre individus, attendant de savoir si elle doit tout quitter de sa vie tranquille pour venir s'établir au fin fond de la pampa ouzbèke. Permettez-moi de vous le dire en toute simplicité. Concevez-vous seulement tout ce que cela impliquait pour nous, tous ces jours d'attente dissous dans une temporalité oppressante, d'autant plus aliénante qu'elle semblait ne jamais devoir prendre fin, notre venue en Ouzbékistan demeurant comme un horizon lointain et sans véritable devenir, charriant avec elle des étendues d'incertitude et de doute aussi vastes que la mer desséchée du haut plateau d'Ousturte ? Imaginez-vous l'épaisseur de l'attente, et l'impossible projection qui était la nôtre, cette attente qui se rappelait à nous à chaque minute, à chaque fois qu'il était question de choses aussi dérisoires que les vacances d'été (ne serions-nous pas en plein déménagement), le renouvellement des activités des enfants, l'engagement dans un projet au long cours au sein du lycée, ou les perspectives professionnelles de Mathias ? À force, cette attente nous épuisait, je le voyais bien. Je percevais l'agacement de Mathias de ne pas pouvoir compter sur mes réponses claires, et je lui en voulais en retour de tellement attendre de moi, de tout faire reposer sur ce projet qui me concernait au préalable, car ce poste déterminerait tant de choses. Ce n'est pas vraiment correct de votre part d'avoir reporté votre décision de semaine en semaine, mais après tout j'ai aussi compris ces derniers mois qu'il y avait tant de choses peu correctes qui régissaient les rapports entre êtres humains, y compris entre ceux qui s'aiment le plus et ceux qui comptent le plus pour nous, mais cela est un autre sujet. J'ai donc vécu à l'affût pendant toutes ces semaines, et au bout de plus d'un mois, quand votre réponse m'est effectivement parvenue, l'attente était pour ainsi dire exacerbée. C'est pourquoi il a été instinctif, irrépressible d'ouvrir ma messagerie et, sans plus d'hésitation, tandis que je traversais l'allée du cloître pour récupérer mon vélo, de lire le mail qui contenait votre réponse, votre refus, et vous imaginez bien la douche froide. Vous imaginez aisément je pense l'air glacé qu'il me fallut avaler à cet instant, et à quel point je me retrouvai soudain pantelante et inutile, ne sachant plus où chercher les clés de mon antivol ni où aller.

Si vous ne me croyez pas, je vous montrerai, si elles se voient encore, les cicatrices de mes mains scalpées, les traces de mes blessures sur mes lèvres meurtries, car juste après figurez-vous que je suis tombée à vélo. Très bêtement. La roue avant s'est prise dans les rails du tramway, et j'ai fait un vol plané sur le bitume. Lamentable. Mon visage a raclé le sol granuleux, mes mains et mes genoux ont frotté l'asphalte. Je me suis relevée tremblante, et suis vite partie me cacher à l'angle d'une petite rue. Le goût du sang m'inondait la bouche, mes collants étaient déchirés, les larmes me brouillaient la vue. J'ai réussi tant bien que mal à regagner la maison, malgré la roue qui s'était voilée. Alors ne dites pas que je n'ai pas compris, ne dites pas que je n'ai pas reçu ou entendu votre message ; je crois pouvoir dire que j'en ai été meurtrie sans abuser d'un sens dévoyé du mot.

Vous comprenez aisément aussi combien les pauvres arguments que vous avançâtes à ce moment furent de peu de poids, petit lot de consolation pathétique que de préciser que votre refus n'avait en rien été motivé par la qualité de ma candidature, mais bien plutôt par des contingences matérielles et organisationnelles qui vous poussent à prendre une personne moins qualifiée que moi, probablement moins compétente, mais qui réside déjà dans le pays et peut de surcroît prendre ses fonctions dès le mois de juin pour préparer la rentrée, tandis que moi, avec le bac, avec les écrits à corriger et les oraux à faire passer, je ne pourrais de toute évidence pas me rendre disponible avant le 10 juillet dans le meilleur des cas. Naturellement, sur le coup, cela n'adoucit rien, bien au contraire. J'ai la phobie des contingences, car elles ne peuvent qu'être une entrave à notre accomplissement, et c'est là une des raisons principales qui m'enjoignent d'agir et de vous écrire, car peut-être n'avez-vous pas perçu la nécessité absolue de ma venue, oui peut-être n'êtes-vous pas encore convaincue du caractère impérieux de notre établissement familial à Tachkent.

Bien sûr, bien sûr, le refus faisait partie des éventualités non négligeables, et il fallait s'y préparer, cela était en quelque sorte mon devoir de vacance durant cette longue et désertique traversée de l'attente. Bien sûr, j'y pensais. Et aussi cherchions-nous à nous convaincre, dans nos moments de doute profond, qu'un refus serait peut-être, après tout, souhaitable. Qu'irions-nous faire dans ce pays sans mer, dans cette « nouvelle démocratie » d'un genre très spécial qui bafoue les droits de l'homme ? N'était-ce pas une fuite en avant ? Nos questionnements, nos problèmes nous suivraient partout, et c'est encore nous qu'on retrouverait à l'identique, en un peu plus déphasés, sans attache et sans ancrage, posés là comme un objet insolite et grotesque, détonnant dans le paysage comme une faute de goût, et notre mal-être s'en trouverait exaspéré, à la fois plus criant et plus net, sans possibilité de s'en détourner ou de s'en divertir. Peut-être l'Ouzbékistan n'était-il pas la solution. Car oui, nous cherchions à ce moment-là une solution. Une issue à notre histoire. Je ne vous l'ai pas dit, car cela ne me semblait pas être un argument recevable dans une lettre de motivation, mais nous traversions à ce moment précis un épisode qu'on pourrait qualifier de crise. Et il nous apparaissait urgent, indispensable, de trouver une façon de nous réinventer. Un nouveau départ peut-être, et ce n'était pas tant le fait du déplacement géographique que la question de renouer avec un projet commun, quelque chose de l'origine de notre relation et qui en était resté au point stationnaire d'un scénario « pour plus tard ». Le moment était venu. C'était, pour ainsi dire, le dernier lapin qu'on était en mesure de sortir de notre chapeau, une ultime volonté susceptible de nous réunir dans un but commun. Je sais que cela peut s'avérer risqué. Tout bouleversement dans le cours des choses est une mise à l'épreuve. Et vous, vous pensez que pour imaginer le départ, il faut être un couple fort, un couple solide. Il faut pouvoir être solidaires dans l'adversité de l'inconnu. Partir est une mise en danger supplémentaire, et soyez assurée que j'ai longuement pesé ma décision avant que de vous la soumettre.

J'ai envisagé toutes les possibilités, et je crois sincèrement avoir pris la bonne décision. Je suis attachée à ma vie à Brest, et c'est avec un pincement au cœur que j'imagine devoir me passer de tout ce qui m'est cher : retrouver les collègues pour un verre sur le port à la fin de l'été, m'attarder avec les voisins sous les tilleuls ombragés de la place, dévaler sur mon vélo la pente de la rue Jean-Jaurès dans la fraîcheur du soir, partir entre copines pour des virées nocturnes où l'ivresse et la danse nous mènent jusqu'au petit matin. Et puis la nage en pleine mer : le triomphe renouvelé face au froid saisissant, l'apprivoisement de l'eau glacée dans laquelle je me coule et m'anéantis, cette douleur que je dompte et que j'aime, le grand engourdissement des membres qui me donne une sensation aiguë de plénitude. Oui, il me faut renoncer à tout ça, et j'y renoncerai, avec la fermeté d'une résolution éprouvée et travaillée au corps. Ma décision est irrémédiable : je prendrai le poste, il faut que vous en soyez convaincue.

Mais il faut aussi convenir que, sur le moment, dans le cloître, c'est un petit empire qui s'est effondré. Et tous les arguments pour se prémunir de la déception ont aussitôt paru ridiculement fades et dérisoires. À mon arrivée à la maison, Mathias m'a soignée. Il a cherché à plaisanter, il répétait que je ne m'étais pas loupée, que je m'étais refait le portrait et que mes élèves allaient être effrayés en me voyant le lendemain. Je lui ai annoncé la nouvelle : nous ne partons pas en Ouzbékistan. Il ne s'en est pas ému plus que ça. Il a même eu l'air soulagé : au moins à présent nous sommes fixés. Puis il m'a prise dans ses bras. Comment allons-nous inventer la suite ? ai-je dit. Il n'a pas semblé comprendre ma question. C'était pourtant évident. Comment allions-nous nous réinventer ? J'y ai réfléchi longtemps.

Dès que j'ai pu, je suis donc partie à la piscine, car nager m'aide à penser droit voyez-vous. J'aime enchaîner les longueurs et donner ainsi libre cours au vagabondage de mon esprit qui, bizarrement, semble s'ordonner à l'instar de mes va-et-vient rectilignes. Je nage ainsi depuis des années. La piscine est un observatoire. Il y a ces nageurs en goguette, qui flânent à grands mouvements de brasse. Il y a ces sportifs du dimanche qui s'emploient à battre l'eau de leurs palmes dans un jet de mousse. Il y a aussi ces athlètes lestes et souples qui tracent leur sillon avec l'agilité d'un fauve, ils fendent l'eau avec la puissance de leurs bras tandis que leurs jambes, fuselées, suivent le mouvement avec d'imperceptibles battements. Je les observe du coin de ma lunette en songeant à la façon dont ils s'adonnent totalement à l'effort, et, allez savoir pourquoi, je vois dans le déploiement délié de leur corps sans réserve, sans économie, le fondement du masculin : s'accomplir dans une épreuve qui les accapare. Je les regarde et je pense : eux ne sont pas là pour enfiler des perles. Alors que moi, c'est strictement le contraire. Moi, je viens justement nager *pour* enfiler des perles. Nager n'est pas le but en soi ; c'est l'espace qui libère la pensée, tenue en éveil par l'exercice du corps, en lui offrant une étendue d'expression saine et salutaire, en dehors des aliénations du ressassement et de l'apitoiement. Et l'enfilade des longueurs dans les lignes d'eau s'accorde avec l'enfilade des jours, et ne fait ainsi que rejouer la progression immuable du temps, à chaque battement de mes bras qui repoussent le courant derrière moi, à chaque respiration prise pour mieux replonger, à chaque expiration profonde, tumultueuse, dans le bouillonnement de l'eau, et n'avez-vous jamais pensé que dans la vie tout est question de souffle, de rythme, de respiration, de synchronicité de l'air, de l'eau, et du corps, du mouvement de l'un imprégnant, modelant le rythme de l'autre, d'une harmonie de soi dans les éléments à trouver, et à révéler ?

Comment allions-nous nous réinventer ? Mathias m'a dit : nous réessaierons l'an prochain. Oui, sauf que l'an prochain ce sera trop tard, si rien ne bouge. Nous serons définitivement perdus l'un à l'autre. Même si je ne saurais prévoir où nous en serons dans un an, il me paraît évident qu'il ne sera plus envisageable de s'expatrier en famille dans un environnement inconnu, car nous serons alors déjà tellement devenus des étrangers l'un pour l'autre que le face-à-face de l'expatriation deviendra bientôt un enfer.

On ne peut pas se dire : plus tard, l'année prochaine, dans deux ans, comme si nous nous figions dans l'attente. Je sais que c'est maintenant ou jamais. Il y a des choses pour lesquelles c'est *one shot*. Une situation ne se présente jamais deux fois à l'identique. Tout est affaire de conjoncture. Ce n'est pas tous les jours qu'on joue sa vie aux dés, et croyez-moi, je ne vais pas voir les années défiler à ce jeu-là. Qui me dit si, dans six mois, dans un an, je serai de nouveau prête à tout mettre de côté pour partir vers un inconnu dont je ne sais à peu près rien ? Qui me dit que je saurai renoncer à tout ce que j'ai construit ici pour me retrouver en huis clos avec l'homme qui partage ma vie, avec lequel j'ai désormais si peu de choses à partager, et dont je ne sais plus si nous nous supporterons encore ?

J'ai donc pris seule la décision de vous écrire, et seule la décision de mon refus. Je ne sais pas si cela nous sauvera, ni même si c'est une bonne idée ; je sais en tout cas qu'il s'agit de la *meilleure solution possible*. Comprenez-moi : nous sommes arrivés dans une impasse, Mathias et moi. Nous n'avons plus confiance l'un en l'autre, et avec le temps, c'est jusqu'à notre respect, notre estime l'un pour l'autre qui s'est délité. Non pas que nous nous insultions vertement à tout bout de champ devant les enfants. Non, nous avons une éducation tout de même. Nous avons l'urbanité des ménages bourgeois, et un profond sens de la déontologie conjugale. Disons plutôt que nous nous sommes installés dans une forme de relation de domination implicite, d'une perversion aussi raffinée que discrète. Rien n'affleure, et nous paraissons, aux yeux de nos proches, un modèle d'équilibre et d'entente. Pourtant les rôles sont distribués : lui la victime et son lot de faiblesses, son apitoiement tyrannique, avec exigence d'expiation et de réparation ; moi le bourreau ployant sous le poids de sa culpabilité, avec sa cruauté et ses doutes. Et la victime fait la grâce de son indulgence, triomphe par sa magnanimité ; et le bourreau baisse la tête pour recevoir sa punition, car nous sommes ainsi : pleins de délicatesse et de sensibilité.

En même temps, tout cela vous semble bien dérisoire. Qu'est-ce que ça peut bien vous faire, à vous qui me connaissez à peine, ou pour ainsi dire pas du tout ? Vous qui vivez depuis Dieu sait combien d'années dans un univers d'expatriation, où nul ne s'installe vraiment jamais, où le déracinement est constitutif de l'identité ? Vous qui vivez dans un monde où tout bouge autour de vous tandis que tout s'effrite en vous, et ne niez pas, c'est évident, comment pourrait-il en être autrement ? Les enfants sont déjà grands, ils n'en finissent pas de croître, aspirant notre énergie, puisant en nous le suc de nos envies pour se les approprier, pour les prolonger, épuisant nos réserves dans le souci, les espoirs, les projections, jusqu'à avoir les ailes suffisamment solides pour mieux nous quitter. Ils s'en vont comme ça un beau matin, nous laissant seuls et mous comme un grand sac vide. Et pendant ce temps, votre mari semble de plus en plus se confondre à la viscosité du pétrole qu'il ne cesse d'extraire, puisant lui aussi toujours plus profond dans les ressources de la terre, jusqu'à lui faire cracher tripes et boyaux et tout ce qu'elle a dans le ventre, tout ça pour aligner les zéros de son compte en banque, pour entretenir le personnel de la villa, la femme de ménage, le factotum, le cuisinier, le chauffeur, le piscinier, le veilleur de nuit. Et vous dans votre cage cinq étoiles de pigeon de luxe, percevez vaguement l'absurdité de tout ça, de toute cette débauche et de toutes ces futilités vaines, pleurant peut-être déjà le départ de votre aîné envoyé par vos soins dans les meilleures écoles d'Europe à l'issue desquelles il pourra perpétuer le modèle paternel et reproduire ainsi la grande mascarade.

Savez-vous pourquoi il est si difficile de sortir du déterminisme de son milieu ? Pur manque d'imagination, selon moi. À vos amies qui viennent pour le thé, ne leur dites-vous pas d'un air vaguement contrit que votre mari destine ses enfants à HEC, mais qu'après tout il faut bien qu'ils se fassent une *situation*, comme s'il s'agissait là d'une voie unique et sans alternative ?

Vous, vous pensez que je vous prends en otage, et c'est vrai que c'est bien pratique, cette conversation à sens unique que je mène où bon me semble, que je conduis comme je l'entends. J'apprécie, et je vous remercie de vous prêter au jeu. Tant de conversations m'ennuient. Surtout en ce moment. Comme si j'étais prise par le temps, comme si je n'avais pas un instant à perdre avec les conventions, avec ces formes de pudeur qui se cachent sous la courtoisie. On se doit d'être heureux, c'est la moindre des politesses. Et que nous ont appris nos parents ? Voilà que je ne supporte plus tout ce que j'acceptais de bonne grâce jusque-là. Bien sûr, cela fait longtemps que je vois clair dans ces petites mesquineries sociales, je ne suis pas dupe. Mais avant, je considérais qu'il y avait quelque chose de noble à faire taire le désespoir sous un rire tonitruant. Je trouvais admirable cet exercice de résolution : faire plier le malheur par la seule force de l'esprit. Imposer la vie malgré tout. Certes, mais quand cela tend au déni, il y a des questions à se poser, vous ne trouvez pas ? Et puis, malgré tout, ces gens qui opposent à leurs problèmes une joie forcenée, une gaieté féroce, une hilarité monstrueuse, me semblent toujours opaques, impossibles à rencontrer. Je ne parviens pas à accéder à ce qu'ils sont, à la sincérité de leur être ; et de fait, même s'ils sont de bonne compagnie, toute communication s'en trouve un peu gênée, toute amitié semble tronquée, factice, forcément biaisée. Plus rien selon moi de l'élégance du désespoir ; j'y vois au contraire le symptôme d'une maladie congénitale d'autant plus pernicieuse qu'elle ne dit pas son nom.

En ce moment, d'une façon générale, j'ai beaucoup moins de tolérance qu'avant. Beaucoup moins d'indulgence. Tout m'irrite beaucoup plus vite. Et je sais aussi que cela a à voir avec un sentiment d'étrangeté à moi-même. Je ne reconnais plus mes amis, parce que je ne me reconnais plus dans cette vie dont ils font partie, dans *ma* vie. Je ne reconnais plus ce qui fait mon quotidien, et c'est une sensation très bizarre, mais comment vous la décrire ? Je me trouve empêtrée partout, je ne sais plus comment faire. Comment m'occuper de mes enfants par exemple. Je ne sais plus leur faire prendre le goûter, j'oublie les devoirs, je suis dépassée par les courses, les lessives, la vaisselle. Pétrifiée en quelque sorte. Impossible de toucher à quoi que ce soit dans la maison. Je ne fais plus rien. Je ne range plus ma chambre, comme si j'avais désinvesti les lieux. Comme si ce n'était pas *ma* chambre. Quand je rentre à la maison, je pose systématiquement mon manteau sur une chaise ou un fauteuil, je ne le range jamais dans la penderie de l'entrée, comme si j'étais toujours prête à partir. Je vois mes amis et je me demande pourquoi ce sont mes amis, je me cherche à travers eux et ne me trouve pas. Je ne sais plus *être* avec d'autres, je me montre tantôt renfermée, tantôt exubérante, je ne sais plus où placer le curseur. J'ai en permanence le sentiment que je devrais être ailleurs, faire autre chose.

La vie des autres : elle me semble plus simple (évidemment), plus molle, moins urgente. Une nonchalance pachydermique, une aphasie contusionnée. Comme si les jours s'écoulaient paisiblement. Comme si les jours *s'écoulaient* et que cela ne suscitait d'émoi pour personne. Comme si la fuite du temps n'était pas un scandale. De façon générale, tout se passe dans la vie des autres comme si les choses étaient moins graves, amorties par une sorte de résignation bedonnante : les années qui passent, les rêves qui s'éloignent, l'amour qui se délite. Inversement, dans la vie des autres, c'est comme si des choses insignifiantes prenaient des proportions démesurées. Les chiens, la météo, le changement d'heure, les émissions télé, le repas du soir.

Vous me trouvez sévère ? Sans doute, mais vous savez, à force d'indulgence, on finit par tout accepter : la paresse intellectuelle, le désengagement, toutes les formes que peut prendre la bêtise humaine ; la relativité devient absolue, et on en vient à se déresponsabiliser de tout. C'est là la plus perfide forme de philanthropie, qui n'est rien de moins qu'une perte de foi en l'humanité. Quoi de moins étonnant alors que de sombres crétins pontifiants se retrouvent à diriger les plus grandes puissances du monde, et tout en ayant été élus démocratiquement jouent à la guerre comme d'autres au Monopoly ?

Moi je me bats constamment contre une léthargie que j'exècre, contre l'affaissement du corps et tout ce que la chair porte d'opulence molle et inutile. Moi je suis prise dans l'étau de mon désir de vie, d'une intensité à laquelle je ne peux prétendre, car la vie me déçoit si fréquemment. Oui, en général la vie ne répond pas à mes attentes. Ma vie est trop souvent une succession de jours sans couleur et sans saveur, et dans ces moments-là le temps se fige tout en se dévidant de la même façon, avec la même régularité, la même infaillible indifférence, et j'ai l'impression d'être dans des limbes, suspendue entre deux mondes. Rien ne me permet de savoir si j'existe réellement. C'est angoissant, vous comprenez ? Et c'est précisément là que le temps se mue en attente. Le battement du temps est-il plus lent en Ouzbékistan ? S'accorde-t-il à la langueur opiacée de ce soleil sans ombre, à la chaleur moite et pesante du désert ? Se confronte-t-il à la distance vertigineuse de ces étendues minérales, où la terre rouge et avare détermine seule l'horizon, engendrant elle-même le chaos des montagnes, imposantes, prophétiques et originelles ? Comment battez-vous la mesure ? Votre cœur s'est-il amolli avec la chaleur et la proximité continue de ces colosses de terre ? Parvenez-vous à cette lenteur résignée et humble que l'on trouve particulièrement chez les ruminants ? Y a-t-il autre chose que des élevages de moutons en Ouzbékistan ? Vous souvenez-vous de ce à quoi ressemble une vache ? Ses grands yeux tendres et vides. Sa force tranquille. Vous êtes d'origine normande, peut-être ? Vous gardez la nostalgie du bocage, cela s'entend. Les verts pâturages, des collines mignonnettes juste ce qu'il faut. Je comprends. Rien de la terreur qu'inspire le désert de Khiva. Rien de ces espaces hostiles où l'homme s'est trouvé vivre, survivre devrait-on dire, Dieu sait comment. Les montagnes ouzbèkes ont-elles à voir avec la tragédie comme l'entend Aristote ? Avec l'hubris, notamment ? Vous savez, cette démesure qui est au cœur de la nature humaine, ce centre effrayant et fascinant dont on n'ose s'approcher de peur de le réveiller, ainsi qu'un volcan qui sommeille. L'an prochain, je vous parlerai d'Aristote. Ça vous fera voir les montagnes autrement. Comprendre aussi, un peu mieux, ce qui vous échappe depuis toujours : savez-vous qu'Alexandre était l'élève d'Aristote ? Oui, Alexandre, le forcené qui a conquis Samarcande et fondé Alexandria-Eskhate sur les rives de l'Iaxarte, le fou qui a massacré toujours plus loin, animé, il faut croire, d'une obsession unificatrice, et qui finit par épouser la fille d'Oxyartès, chef des rebelles des monts Hissar, avant de mourir trois ans plus tard à peine à Babylone. N'y voyez-vous pas là l'image de la pure incompréhension marquée du sceau du fantasme et de l'absurdité qui a profondément tissé les liens entre Orient et Occident ?

Voilà ce qu'il me tarde de faire aussi, à mon arrivée. M'égarer dans les montagnes. Faire l'expérience de la solitude, du silence. Confronter mon sentiment d'étrangeté à moi-même aux éléments. Voilà ce que je viens chercher. Considérer ma ridicule insignifiance. M'abandonner dans la profondeur tragique de notre humanité. Prendre conscience de l'absolue contingence du monde, et m'y couler, m'y dissoudre. Peut-être y disparaître. Vous comprenez cela ? Ce besoin de se mesurer à plus grand que soi, de s'en remettre à une forme de puissance supérieure ? Où trouver Dieu depuis qu'il est mort ? Pas plus dans l'étroitesse du niqab que dans l'obscurité du confessionnal. Alors peut-être viens-je en Ouzbékistan comme dans une retraite, comme pour faire ma propre traversée du désert. Peut-être ai-je besoin de cette ascèse, de cette cure de silence et d'ennui. Peut-être faut-il que j'explore les entrailles de l'ennui pour le dompter, pour l'apprivoiser, car ma frénésie, ma course folle finit par m'épuiser moi-même.

Je suis parfois prise d'abattement ces derniers mois, je me sens vide, et c'est alors l'ensemble de mes muscles qui s'en trouve comme atrophié, liquéfié, inerte. Mon corps ne répond plus, comme s'il ne parvenait plus à soutenir le rythme que je lui impose. Il demeure parfaitement atone en dépit de ma férocité à le contraindre, à l'obliger au mouvement. Rien à faire, la fatigue m'inonde. Le manque d'énergie me terrasse, aussi puissamment que ma force déployée pour vaincre l'épuisement. La pesanteur aliénante de mon corps m'avilit. Dans ces moments-là, chaque geste est une lutte. Emmener ma fille à la piscine. Retourner la chercher. Préparer le repas. Surveiller les devoirs. Et même accueillir Mathias rentrant du travail, avec lequel, comme d'habitude, la rencontre échoue un peu. Je tente de lui parler de quelque chose, et lui parle, *fondamentalement*, d'autre chose. Je n'ai alors qu'une envie : me terrer, m'allonger dans un recoin obscur et me faire oublier du monde, comme une bête qui sent qu'elle va crever. Cela peut durer des jours, des semaines parfois. J'ai consulté un médecin qui m'a parlé de surmenage, et m'a enjointe au repos. Mais l'immobilité est insupportable. L'immobilité c'est la mort, comprenez-vous ? Je sais que le problème vient de là. Je suis effrayée par ce sur quoi je n'ai pas de prise, et c'est d'ailleurs pour cela que ma résolution face à vous s'impose. Comme on soigne la tuberculose par des bains de mer glacée, et que la violence du remède combat la violence du mal.

Pourtant il y a ces trouées dans le jour, où la course folle du temps se suspend pour n'être plus qu'une vibration, une épaisseur de signes à explorer. Ces moments de rare et précieuse intensité, comme le regard bleu à l'abandon d'un petit prince trop vite grandi que mes yeux viennent soutenir. Ce temps en dehors de la durée. Deux secondes peuvent contenir une âme, l'absolu de l'intention. Voilà mon véritable remède. Mais puisque la vie est si souvent décevante ainsi que je vous l'ai dit, que ce genre de moment arrive si peu souvent, ne permettant de me nourrir que de façon temporaire, que ce remède n'est pas vraiment tenable parce qu'il questionne avant toute chose un principe de réalité qui a tendance à m'échapper et à se confondre avec l'immensité des mondes possibles du rêve et de l'imaginaire, il vaut mieux encore, à tout prendre, accueillir la frugalité ouzbèke, ce qui permettra, je l'espère, à l'espace infini du fantasme de se déployer librement, de s'ébattre et peut-être de s'amenuiser, voire de s'épuiser. Cela vous semble-t-il soutenable ?

Au fond, qu'importe votre avis, car ma décision, je m'en excuse, est irrévocable. D'ailleurs, j'ai déjà commencé à mettre ma vie en cartons en vue du déménagement. Et les étagères, à mesure qu'elles se vident, comblent une sorte d'aspiration. J'ai l'impression de diminuer, de m'alléger, et figurez-vous que cela me plaît. Je me débarrasse de mes vieilleries, de mes souvenirs de pacotille et autres colifichets empesés comme on enlève les peaux mortes accumulées à la surface de l'épiderme, comme on retire des couches de vêtements devenus encombrants à la sortie de l'hiver, et savez-vous combien il est bon de sentir l'air sur son corps nu, au contact direct des éléments, du sable, du vent, de l'eau de mer, pour la première fois de l'année ? Juste cette première fois. Elle a une saveur sans pareille. Ma nudité au soleil me donne un sentiment de liberté, comme si le reste du temps, nous étions corsetés dans de hauts cols rigides qui nous contraignent dans nos mouvements et brident nos esprits. C'est la même chose avec les cartons. On empaquette tout ce qui nous est cher, les objets, les livres, et on prend conscience qu'on perdure en dépit de leur absence, et même que cela nous permet peut-être de nous définir en dehors de l'espace qu'ils dessinent. Que sommes-nous quand nous nous retrouvons sans les objets qui nous définissent ? Qui suis-je sans mes précieux livres, mes photos, sans les tableaux, le piano, sans ce couvre-lit que j'aime tant, sans ce vase cadeau pour mes trente ans, sans les assiettes de ma grand-mère, sans cette cocotte dans laquelle je cuis mon riz quotidiennement, sans ces tasses avec les dessins de mes enfants, sans ces fauteuils, sans *ce* fauteuil où, dans un autre temps, Mathias et moi avions fait l'amour pour la première fois ? Que reste-t-il de moi, dépossédée des objets qui me prolongent, qui me protègent comme un précieux rempart, comme autant d'assises de mon identité ? C'est comme si, soudainement, tout était remis à plat, et quelle incroyable chance de repartir à zéro, mais riches d'une mémoire, d'une expérience. Notre force dans de pareils moments est bien celle-là : comprendre ce que l'on porte *en soi* ; notre *ipse* et notre *idem* ainsi que Paul Ricœur désigne notre immanence et notre permanence d'être. Pourtant tout cela est léger, léger ! D'une infinie légèreté…

Il y a un désordre monstre chez nous, vous l'imaginez bien. Les enfants refusent de faire le tri parmi leurs jouets, et ne comprennent pas pourquoi, l'avion étant si *grand*, il ne pourrait transporter au moins leur caisse de Lego. Mon fils aura cinq ans juste avant notre départ. Il est en pleine découverte du pouvoir fascinant des Lego. Il passe des heures à assembler des pièces, appliqué et concentré sur la notice, avec une dextérité et une patience que je ne lui connaissais pas. Je m'étonne de voir combien il sacralise peu l'objet, lui. À peine joue-t-il cinq minutes avec l'hélicoptère qu'il vient de terminer, qu'il le démolit pour construire autre chose. Vous savez, il existe ces Lego qui proposent, avec les mêmes pièces, trois modèles différents. Avec les mêmes pièces, vous pouvez réaliser un dragon ou une araignée ou un géant. Ou alors un sous-marin, un bateau, ou un hélicoptère. Mon fils semble être davantage fasciné par l'idée de façonner la réalité, et par la possibilité de donner tant de versions différentes à partir d'un matériau de départ identique, que satisfait d'aboutir à un résultat. Bien sûr, la réalisation finale compte, elle demeure le but, et il lui importe au plus haut point d'y parvenir, mais il est évident, à l'observer, qu'il ne s'agit pas là de sa plus grande source de plaisir.

Je dois aussi ranger mon bureau. Classer, trier, jeter. C'est très difficile. Plein des chausse-trappes que sont toutes les tentations de se laisser happer par la force du souvenir, par la nostalgie en guimauve et par le regret poignant d'un temps révolu. J'ai tant de mal à jeter. Quand j'avais quinze ans, je gardais les tickets de concert ou de cinéma, les billets de train, tant chaque chose de ma vie me semblait digne d'accéder à l'immortalité du souvenir. Comme s'il fallait toujours attester de ce qui avait été vécu, pour m'assurer que j'avais bien existé, pour contrer l'inconsistance de l'être, pour avoir un support tangible de ma présence au monde. N'est-ce pas là la preuve d'un manque de confiance en sa propre identité ? Ou une preuve de la fragilité extrême, de l'instabilité de nos fondations ? Tout risque toujours de s'écrouler, sans le support de l'objet qui témoigne. Dans le même ordre d'idées, j'ai toujours écrit. Tenu des carnets. J'ai commencé à la mort de ma grand-mère, j'avais sept ans. J'étais terrifiée et indignée par l'idée de l'oubli. Qu'elle puisse disparaître *réellement*. Il y a dans la mort quelque chose de scandaleux que nous oublions trop souvent. Toute cette vie pour en finir là, comme ça. Dans un trou qu'on referme, et on n'en parle plus. Ça me semblait profondément insensé. Alors j'ai voulu devenir écrivain. Pour parler de ma grand-mère, qu'on se souvienne, et que reste quelque part la mémoire de son passage.

En vérité, mais j'étais alors trop jeune pour le comprendre, je crois que la naissance de cette vocation n'a pas tant trouvé son origine et sa justification dans la perte de mon aïeule chérie qu'elle ne s'est révélée à moi quand j'ai été confrontée pour la première fois au thème profondément romanesque qu'est la mort, ce moteur de l'écriture, car il nous permet de créer à partir de l'absence, et de toutes les projections qu'elle rend possibles dans les multiples formes qu'elle peut prendre. Quoi qu'il en soit, j'ai commencé à écrire. Et si ma vocation s'est perdue dans les mirages de diverses velléités, je n'ai cependant jamais vraiment arrêté. J'ai cherché à retranscrire non seulement les faits marquants de ma vie, mais aussi tout ce qui fait le ventre mou de l'enfance. Mes carnets sont ainsi remplis de balades en forêt le dimanche, de récits de mes journées d'école, de disputes avec mes copines, de jalousies envers mes frères, d'après-midi à la bibliothèque du quartier, d'interminables soirées d'été sur la balançoire du jardin et d'épisodes de *Tintin* à la télé. Il y a une proportion énorme de pages passablement ennuyeuses dans ces carnets, et d'ailleurs je ne les relis presque jamais. Ça ne m'est pas très agréable. Mais il y a aussi quelques pépites. Des tentatives. Décrire l'odeur des pins tellement associée aux vacances, car nous passions nos étés dans la forêt des Landes, par exemple. Évoquer le bruit du vent dans ces pins, dont la canopée, observée depuis la hauteur des dunes d'herbes sèches, moutonnait. Raconter nos réveillons de Noël en famille : mes parents, mes frères, moi. La messe des enfants, où les familles endimanchées s'alignaient en rang d'oignons sur les bancs pour unir leurs prières et leurs chants tandis que tous étaient, en pensée, déjà dans les réjouissances qui allaient suivre. J'écris sur le faste de la pompe, et j'évoque ma fascination pour l'enfant de chœur qui, à la tête du cortège, sérieux comme un pape dans son aube immaculée, balançait l'encensoir. Se trouvent aussi dans ces carnets les étapes d'une quête spirituelle qui n'eut de cesse de m'accaparer, d'autant plus prégnante sans doute, que le geste d'écriture était né d'une interrogation sur la mort. Tout imprégnée de foi catholique comme je l'étais, j'ai eu mes phases mystiques, j'ai vu des signes de Dieu ou du destin, appelez ça comme bon vous semble. J'ai cherché à déchiffrer la nature, et bien avant que de lire la poésie symboliste j'ai voulu en comprendre le langage, accéder au grand ordonnancement du monde, en saisir l'énergie, la sève substantielle, entrer en communication avec le mystère de l'invisible, cette matière qui frémissait au bout de mes doigts et que je sentais, puissante, comme un courant de chaleur. J'ai été attentive au craquement des branches, à l'épaisseur enivrante de l'odeur du chèvrefeuille. Et l'écriture n'est-elle pas juste une autre manière d'exister en portant une acuité particulière aux choses qui nous entourent ? Mes carnets ont si souvent été un soutien, une thérapie pourrais-je même dire. Ils m'ont accompagnée dans mes doutes, dans mes peurs, ils ont à eux seuls résolu beaucoup d'énigmes existentielles, apaisé nombre de chagrins, accueilli mon exacerbation, ma détresse, ma fatigue, mon désespoir, sans jamais en être plus lourds, sans jamais en être contaminés. Ils m'ont assistée dans ma bouleversante transformation en mère, et dans toute l'abyssale découverte de soi qui découle de cette rencontre profonde et intime avec l'altérité, avec l'engagement absolu et l'amour intarissable. Ils ont suivi le détricotage minutieux du chandail de mes idéaux se dévidant à mesure que le fil, tiré par la pesanteur du temps, défaisait une à une les mailles de mes projections, et de notre amour.

Comprenez-vous maintenant l'effort que représente pour moi l'arrachement à ces objets, et ce que me coûte la séparation d'avec toutes ces choses qui, j'imagine, font partie de mon squelette ? Peut-être la nécessité de partir s'impose-t-elle aussi comme le moyen de faire naître une nouvelle expression de mon identité intime ? Partir à la recherche de soi. Partir très loin pour se trouver (à défaut de trouver sa moitié). Et partir comme on échappe au réel.

Il faut donc voir l'étape des cartons comme la phase purificatrice d'un rite. On fait des cartons comme on se purge, comme on se dépouille des oripeaux rassurants du confort, des objets, des habitudes, des occupations pour se confronter au noyau de nos désirs. Ce que l'on découvre quand on a enlevé toutes les pelures de protection, tout ce qui creuse le sillon de la vie. Nous sommes tétanisés à l'idée de descendre en nous, dans ce que nous avons de plus sombre et de plus enfoui. Nous avons peur de ce que nous pourrions y trouver. Et peut-être plus encore redoutons-nous de ne rien trouver qu'un vaste courant d'air.

J'ai dépoussiéré l'étagère et rangé les carnets dans le fond d'un carton, sous une pile de draps. Simple précaution. Pendant des années, mes carnets ont traîné dans le placard, et bien sûr ils n'étaient pas cachés. Non qu'ils pussent être ouverts et lus sans que cela eût constitué un blasphème, mais il relevait d'une telle *évidence* que ces carnets étaient mon espace d'intimité, mon terrain personnel et privé, qu'il n'était en aucun cas possible ou soutenable que qui que ce fût, Mathias tout particulièrement, se permette ne serait-ce que de les ouvrir, ou d'y jeter un rapide coup d'œil comme ça en passant. Vous me trouvez bien légère ? Vous pensez qu'il suffit qu'un événement ne figure pas dans le domaine du possible pour qu'il ne se réalise pas ? Moi je l'ai longtemps cru, et vous pouvez me trouver naïve ou inconséquente, vous avez raison. Mais comment croire à l'impossible tant qu'il ne s'est pas manifesté à nous, tant que nous n'avons pas sous les yeux l'évidence monstrueuse de sa possibilité paradoxale ? Et là, excusez-moi, je dois marquer une pause, car je me trouve prise d'un de ces accès de fatigue dont je vous ai parlé, qui surviennent de façon inopinée et sans à-propos, et il n'y a alors rien d'autre à faire que de se coucher après avoir avalé un cocktail de petites gélules en attendant que ça passe.

Je disais, donc, qu'il était impossible, non pas impensable, mais bien *impossible*, que Mathias ouvre ne serait-ce qu'une page de ces carnets quand bien même il savait qu'ils se trouvaient là, à portée de main, à peine en hauteur, dans le placard de mon bureau qui, cela va sans dire, n'était jamais fermé à clé. Ce n'était pas de l'inconscience de ma part, contrairement à ce que vous pensez. Ce n'était pas de la naïveté. J'avais une foi inébranlable dans l'intégrité de Mathias. Et de fait, dix ans s'étaient écoulés sans qu'une seule fois, j'y mettrais ma main au feu, il enfreigne cette règle. Cela tenait du respect. Et aussi, probablement, de cette sorte d'incuriosité qui relève selon Montaigne de la sagesse populaire. Mathias n'a jamais lu ce que j'écrivais, déjà il ne s'en sentait pas le droit (à juste titre), et d'autre part ce que je pouvais bien écrire ne l'intéressait absolument pas. Mathias n'a qu'un goût très modéré pour tout ce qui est du domaine de l'introspection, à tel point que, bien souvent, mes pensées, mes réactions, mes jugements le dépassent, et j'ai dans ces moments-là la nette sensation que nous n'attribuons pas la même portée au même mot, comme si nous ne parlions pas la même langue, et cela est très ennuyeux, vous en conviendrez, que deux personnes parlent des langues différentes sans qu'il y ait de traduction possible, de moyen suffisamment fin pour entrer en contact, et sans doute avez-vous dû apprendre le russe, ainsi que des rudiments d'ouzbek, et ne trouvez-vous pas cela terriblement incommode parfois, de ne pouvoir exprimer le fond de sa pensée, tant un moyen d'expression détermine une manière d'être et de sentir beaucoup plus finement que nous le croyons ?

À sa place, bien sûr que j'aurais été tentée d'aller lire en cachette, pas vous ? Je me serais probablement retenue, mais j'en aurais crevé d'envie. Et cela ne s'entend-il pas ? Quel merveilleux moyen d'accéder à la vie secrète de quelqu'un, à ses pensées les plus enfouies, les plus sincères, les plus intimes ; quelle occasion rêvée d'infiltrer cette part d'altérité qui se dérobe toujours, et à laquelle nous nous pensons le droit légitime d'accéder, en vertu de notre orgueil qui n'entend pas que les choses puissent nous échapper, et cela est encore exacerbé dans le couple ; quelle en est votre expérience ? Ne trouvez-vous pas qu'il est insupportable d'éprouver, à certains moments bien précis, cette non-coïncidence avec l'autre ? Cette incompréhension essentielle qui est le fondement même de notre solitude ontologique. Intenable solitude. Insupportable conscience de notre solitude irréductible ; ce petit caillou au fond de soi. Alors lire le journal intime dans l'idée de combler ce hiatus, ce grincement dissonant de la relation, dans l'idée utopique d'un réconfort, dans l'illusion d'être soi-même peut-être rempli de l'autre, qu'y aurait-il de condamnable à cela ?

Sauf que, dans le cas de Mathias, c'est différent. Il n'y a rien en lui de ces tiraillements, rien de ces angoisses existentielles, et veuillez m'excuser, mais il ne mérite pas particulièrement de médaille pour n'avoir jamais ouvert ces carnets pendant dix ans, tout simplement parce que cela ne constituait même pas une *tentation*. Mes carnets ne suscitaient aucune curiosité de sa part. Pas plus qu'une pile de factures de gaz ou l'archivage de mes bulletins de salaire. Ils étaient là et cela ne méritait aucun commentaire. Mes carnets *n'étaient pas* un sujet.

C'était un mardi. Je rentre tôt le mardi, je finis les cours à quinze heures. Parfois je reste travailler au lycée, mais ce jour-là non, je suis rentrée directement, pourquoi, je ne sais plus. Et il se trouve aussi que le mardi est le jour où Mathias travaille à la maison, c'est un moyen bien commode pour s'accorder aux horaires d'école, d'ailleurs de plus en plus d'entreprises favorisent le télétravail, car cela leur permet de faire des économies notables, mais là n'est pas le sujet. Je suis rentrée à la maison et comment dire ? c'était comme si quelque chose m'avertissait. J'ai pénétré dans la maison, et il régnait une espèce de silence plat. Et j'ai immédiatement pensé, allez savoir pourquoi : c'est le calme avant la tempête. J'ai eu cette vision des films à suspense où les situations de calme apparent ne sont jamais bon signe. On vous montre le héros en train d'éplucher des patates ou de faire la vaisselle ou d'aller chercher ses enfants à l'école ou toute autre occupation sans intérêt, et connaissant le prix d'une minute de tournage (ou même sans le connaître) comment pouvez-vous ne pas penser que cela n'augure rien de bon ? Le cinéma a ses rouages, ses propres codes qui, du fait qu'ils imitent si bien le réel, configurent nos existences. Au cinéma, comme en littérature, rien n'est jamais gratuit, tout est toujours porteur de sens. Et moi j'ai tendance à penser qu'il en va de même dans la vie. C'est excessif, vous trouvez ? Pas tant que ça à mon avis, mais il est vrai qu'il est besoin d'une forme de finesse du regard pour l'appréhender, d'un état de conscience et d'éveil supérieur. Ne vous méprenez pas. Rien à voir avec ce mysticisme bas de gamme qui fait les choux gras de tout une industrie de bien-être. Aucun rapport. On voit tant de gens chercher à percer le mystère du monde sans *aucun* discernement. Ces gens-là sentent bien de façon confuse qu'il y a une vérité transcendante, mais leur naïveté dans l'approche suffit à les dévoyer et ne fait qu'alimenter les thèses des athées pur beurre, ces rigoristes du réel, qui nient toute dimension spirituelle de l'être humain. La prétention à connaître porte trop souvent à l'arrogance, qui est la fille de tout dogmatisme. Vous en savez quelque chose, vous ? N'êtes-vous pas, comme nous tous, bien engluée dans vos principes quand bien même il s'agirait de ne pas en avoir ?

Pour ma part, j'hésite en permanence. Je ne sais pas si ma vie est un film d'Hitchcock ou un film de Bergman. Ou, si cela vous parle mieux, je ne sais pas si ma vie est un roman de Flaubert ou de Camus. Dans le premier cas, les événements sont porteurs d'un sens qui a une conséquence narrative : l'enfant de Mme Arnoux tombe malade, *donc* elle ne peut pas rejoindre Frédéric ; Mme Bovary part se promener dans la campagne, *donc* elle croise Rodolphe. Alors que dans le second les événements sont porteurs d'un sens qui vaut pour eux-mêmes. Ils semblent n'être signe de rien, n'annoncer rien, tant et si bien qu'ils peuvent donner le sentiment d'une profonde déréliction. On a parlé de littérature de l'absurde, parce que toute conséquence a l'air abolie. Ou, quand lien logique il y a, il ne semble guidé par aucune justification rationnelle. Meursault tue l'Arabe *à cause* du soleil, et lui-même est condamné *parce qu*'il n'a pas pleuré à l'enterrement de sa mère.

En vérité, il y a bien un principe identique à l'œuvre, dans les romans de Flaubert comme dans ceux de Camus, seulement ils ne procèdent pas du même enchaînement causal. La chronologie linéaire du roman réaliste nous fait assister à une succession de causes et des conséquences qui en résultent, à tel point que certains, comme je vous l'ai déjà dit, ont cru pouvoir expliquer mécaniquement le fonctionnement de la nature humaine. Le roman d'après-guerre a bien compris que tout était surtout histoire de résonances et d'échos. Ainsi les événements ont moins de poids narratif, car ils ne sont la cause de rien, la conséquence de rien, mais recèlent une portée illustrative, voire symbolique, qu'il nous appartient de déchiffrer.

Alors comment se fier à son instinct ? Et à mon niveau individuel des choses, comment savoir si ce silence comme empesé par l'opacité du jour, ce silence terrien était le signe annonciateur de quelque chose ou s'il valait pour lui-même, et qu'il me touchait parce qu'il faisait précisément écho à un silence intérieur, à une forme d'inquiétude qui rejoint une détresse familière, presque comme un refuge ? J'ai lancé depuis le palier : « Je suis rentrée » et j'ai alors entendu la voix de Mathias, sèche et coupante, qui me disait : je suis en haut, ne monte pas. Mon sang s'est figé. Mon intuition était juste : il se passait bien quelque chose. Ne monte pas : pourquoi ?

Pourquoi, lui ai-je demandé, pourquoi ? Et ma voix était implorante. C'était injustifié. Comme si, nous, les femmes, avions toujours quelque chose à nous faire pardonner. Comme si nous étions toujours déjà coupables de quelque chose que l'on ignore, et quelle insupportable tare que cette culpabilité de genre.

Mathias m'a dit qu'il descendait et il est descendu. Il avait les yeux rougis, la mâchoire crispée. Je sais que je n'aurais pas dû, m'a-t-il tout de suite avoué, mais j'ai lu ton journal. Bien sûr, il m'a fallu quelques secondes avant de comprendre, rien que le sens de ces mots, comprendre à quelle sorte de réalité ils correspondaient, et quelques secondes supplémentaires pour saisir ce que cela impliquait, je veux dire les conséquences directes, immédiates, car je vous le rappelle : il était impossible que cela se produise, il était exclu du domaine du réel que Mathias enfreigne la règle tacite qui avait toujours eu cours. C'était donc quelque chose d'impossible qui s'ouvrait devant moi, comme un abîme, comme on aurait vu de ses yeux un bloc de béton fondre. Cela n'était pas possible et pourtant cela était advenu. Ou plutôt, Mathias me disait que cela était advenu, et j'aurais pu alors croire qu'il y avait simplement là une contradiction dans les termes, une mauvaise direction prise par les mots eux-mêmes qui ne recouvraient aucune réalité tangible n'était-ce sa voix altérée, sa fureur qu'il peinait à contenir dans ses maxillaires et ses poings serrés. Alors quelque chose en moi s'est effondré, et je l'ai distinctement perçu, cette fois mon cœur a crevé et s'est répandu sur le sol.

Pourquoi tu as fait ça !

C'est tout ce que j'ai pu lui dire. C'était une supplique sortie tout droit de l'âme de la tragédie. Une lamentation de chœur antique, quand les héros de Sophocle comprennent qu'ils sont pris dans un engrenage tragique, et découvrent qu'ils peuvent s'agiter tant qu'ils veulent, ils peuvent s'agiter dans tous les sens, ils savent que ça ne sert à rien, que leurs petites gesticulations sont vaines, qu'ils continueront à dégringoler inexorablement, et pourtant ils essaient, ils crient, ils résistent, ils protestent. C'est d'ailleurs ce qui est beau, c'est ce qu'il y a de noble dans la tragédie : cette lutte sans aucune illusion, cette résolution digne. Et les dieux de l'Olympe se gaussaient-ils depuis leurs nuages tandis que, percevant que les conséquences de ce geste me dépassaient déjà, m'avaient déjà échappé et que j'étais prise dans les nasses d'une mécanique tragique tel un risible mollusque prisonnier, je me débattais encore avec la cause, tentant de l'approcher, de la comprendre afin de faire de cet impossible une donnée avec laquelle il me faudrait désormais composer, un paramètre à prendre en compte et à considérer comme réel, aussi absurde que cela fût ?

Pourquoi tu as fait ça…

Je n'ai pas crié. Je ne me suis pas effondrée. Je n'ai pas pleuré. Et l'inflexion de ma voix était curieusement très douce, sans animosité. Ma voix était celle que l'on prendrait pour s'adresser à un enfant chéri, un enfant adoré qui viendrait de nous planter un couteau dans le ventre : mon amour, pourquoi tu as fait ça ?

Et peut-être ma supplique ne s'adressait-elle pas vraiment à lui finalement. Peut-être était-ce une question qui allait au-delà de lui et de ce qu'il pouvait bien saisir de ses motivations profondes. Peut-être cherchais-je à savoir quelles forces cosmiques étaient à l'œuvre, dans quel alignement les planètes se trouvaient pour que cela advînt, en dépit de la nécessaire règle de cohérence et de vraisemblance que l'on croit régir nos vies. Pourquoi ?

J'ai compris que le jour avait basculé, que l'ordre du monde se trouvait bouleversé par cette entorse suprême à la loi. Qu'allait-il advenir à présent ? Comment vivre dès lors avec ce blasphème, cette ignominie à mon encontre, et oui, à ce moment-là je me suis sentie sale, abjecte, comme si j'avais été pénétrée à mon insu, de force, et dès lors comment ne pas s'en vouloir ? Comment ne pas voir que c'est peut-être moi la coupable ? J'avais bien commis *la* faute, celle d'avoir écrit, d'avoir laissé une trace, d'avoir dilapidé en mots le point d'ancrage de ma vie secrète, de mon indicible et de mon inavouable, et comme il est alors si simple à celui qui s'en saisit de vous accabler en vous laissant croire que cette part-là n'existe qu'en vous, et que vous êtes impure et souillée par votre infamie. Comme il est simple à celui qui a profané de retourner la situation, de vous démontrer que c'est vous la coupable, et bien évidemment dans ce cas, vous l'acceptez, vous consentez sans condition à porter le vice, à endosser le rôle de la fautive, vous vous armez déjà pour subir une vengeance expiatoire. Il est étonnant comme les rôles, alors, se distribuent d'eux-mêmes, instinctivement pour ainsi dire. Car Mathias, avec son intégrité, avec son altruisme, avec sa gentillesse, n'a pas semblé un seul moment considérer que son acte était grave, qu'il avait scandaleusement outrepassé une limite qui gardait à notre couple un semblant d'équilibre. Il s'en est justifié d'un mot : non, je n'aurais pas dû, je sais, mais ce n'est rien au regard de ce que j'y ai découvert. Et comment pouvait-il savoir ce qu'il allait y trouver ? Comment savait-il *à l'avance* que ce qu'il allait y lire justifiait qu'il le lise ? Forcément il se doutait de quelque chose, forcément il y allait pour vérifier ce qu'il pressentait. Et de quoi se doutait-il donc ? De quelque chose qui lui échappait tout simplement, ou bien avait-il des soupçons plus précis, et de quel ordre ?

C'est que depuis un moment, Mathias me trouvait absente, lointaine. Depuis un moment il semblait avoir pris conscience que je lui *échappais*. C'étaient de minuscules choses, insidieuses, il n'aurait pas su dire quoi précisément. Enfin il nourrissait des inquiétudes, il m'en avait d'ailleurs parlé. Avait senti mon trouble en dépit de mes paroles rassurantes et, les tensions s'accumulant, moi toujours plus lunatique, avec de brusques colères, lui toujours plus nerveux, chacun s'emportant très vite au moindre reproche de l'autre, il avait fini par trouver sans mal mon carnet, le dernier, celui en cours.

Bien sûr, il m'a fallu avaler ça : de nous deux, c'est lui qui souffrait le plus ; accéder à l'espace de ma vie intérieure lui avait fait comprendre qu'il ne me connaissait pas, et que tout ce qui se déroulait sous la surface, dans les entrailles de la mer, était monstrueux. Oui, proprement monstrueux. C'était l'univers qui s'écroulait. Celle qu'il avait cru que j'étais, celle qu'il n'avait pas épousée, mais à qui il avait fait deux enfants, celle avec laquelle il s'était engagé n'était pas celle qu'il voyait tous les jours, celle qui se réveillait échevelée le matin à ses côtés, celle qu'il embrassait, celle qui rentrait le soir harassée et frigorifiée, celle qui allumait le feu de la cheminée et qui lisait de la poésie à ses enfants.

Et moi, coupable d'écrire, je l'écoute, j'acquiesce : oui, tu as raison. Moi d'admettre être cette déviance, cette erreur. Moi d'absorber son désespoir, et de faire taire cette sensation de violence inouïe, de trahison, de sacrilège. Son intrusion m'avait rendue coupable. J'avais cru, naïvement, que la liberté existait, dans l'espace très circonscrit du secret. À présent j'étais bien punie pour ma légèreté. Ou alors justement avais-je conscience que la liberté n'existait pas, et donc que se l'octroyer était *mal*, car comment font les autres ?

Peut-on seulement supporter qu'un individu s'accorde un abandon auquel tout le monde se refuse, et d'ailleurs *tout le monde* vit très bien dans cette privation de liberté, alors d'où pourrais-je me sentir autorisée à déroger à la règle ?

Mon intuition était juste : la tempête se levait.

Avec une terreur mêlée de fascination, je la voyais gronder et écumer. Se dessinaient progressivement les contours de la vague qui allait m'emporter, et confusément je comprenais que je ne pouvais rien faire : courir ne servirait à rien, toute forme de protestation, de révolte ou d'appel serait inutile. Je le savais et j'en étais tétanisée. Vous est-il arrivé de vous promener sur une plage un jour de tempête ? Cela fait longtemps, j'imagine. Éloignée de la mer comme vous l'êtes, enclavée dans ce pays aux confins des terres, vous avez probablement oublié jusqu'à l'odeur iodée de la mer, jusqu'à l'image de ces montagnes mouvantes au-dessus de vous, et leur bourdonnement entêtant, carnassier ; vous avez oublié la sombre poésie de ce paysage désordonné : le reflux des vagues, la laisse de mer asséchée blessant la plante des pieds, les rangs de coquillages charriés dans l'estran, les flaques, les ruisseaux, les courants modelant les dunes. Vous souvenez-vous que l'on comprend, face à la mer mugissante, combien nous sommes *petits*, à quel point nous croyons arrogamment occuper un territoire que l'on ne pourrait *jamais* asservir ? C'est d'ailleurs pour cette raison même qu'il est si plaisant de se promener sur la côte par gros temps. Il s'agit pour ainsi dire d'une expérience d'absolu vécue en toute tranquillité. Toute cette force déployée, cette fureur vaine, absorbe l'esprit et ravit les sens. Oui, la tempête est belle, vue du rivage, et cela depuis Lucrèce :

> *Il est doux, quand la mer est haute et que les vents soulèvent les vagues, de contempler du rivage le danger et les efforts d'autrui : non pas qu'on prenne un plaisir si grand à voir souffrir le prochain, mais parce qu'il y a une douceur à voir des maux que soi-même on n'éprouve pas.*

On peut s'émerveiller du spectacle d'un naufrage, quand on le voit depuis la sécurité confortable de la grève. On peut s'en repaître, trouver la scène grandiose, déchirante et effroyable, tout en se félicitant de ne pas y être. On peut même plaindre les malheureux tourmentés par les vagues, éprouver la plus sincère compassion tout en se rengorgeant d'être si raisonnable, si clairvoyant, d'avoir refusé de monter à bord du bateau, d'être sagement resté à terre plutôt que de se risquer sur le territoire à jamais inconnu de la mer dont nous ne sommes que le jouet. Un peu ce que vous faites, vous, en ce moment même, tandis que vous lisez cette lettre, passablement exaspérée peut-être par mes propos sans tenue et sans filtre, vaguement amusée aussi, de lire ainsi les déboires et la dégringolade d'une personne qui vous importe si peu dans le fond, à cela près tout de même que nous allons bientôt être collègues, et finalement, si je vous fais sourire, si je vous amuse, du moins est-ce déjà ça, et on pourra dire que je n'aurai pas complètement perdu mon temps et vous non plus.

Regardez un instant la tempête et dites-moi qu'elle est belle. Ne serait-ce que de cette façon, je penserai que tout ceci n'est pas une souffrance absurde. Contemplez la mer plus haute que moi, plus haute que vous, grise et argentée. Remarquez l'ondulation des vagues qui imite à merveille le coup de pinceau. On comprend pourquoi les peintres s'y sont tant essayés. La tempête a été inventée pour les peintres comme l'amour a été inventé pour les poètes. L'amour et les poètes sont faits du même matériau, de la même substance. Il y a là une analogie essentielle, que l'on galvaude simplement parce qu'elle échappe à la raison. Cette coïncidence suprême, on échouera toujours à l'expliquer.

Je suis moi aussi subjuguée par la majesté de la tempête, par sa colère altière et indifférente, par cette lente décharge qu'elle fait grandir en moi. Il m'est arrivé une fois de me retrouver dans un bateau en pleine tempête. Alors j'ai pensé à Lucrèce. J'ai vu les lames plus hautes que nous. J'ai vu l'embarcation défier les lois de la gravité et, curieusement, adhérer à cette mélasse noire qui n'en finissait pas de se dérober. Je me suis vue prier pour qu'elle y adhère, qu'elle ne chavire pas, et j'ai prié, oui, comme on sait tous le faire, instinctivement, car la prière est un mouvement intérieur aussi ancré en nous, aussi archaïque et spontané qu'un réflexe de survie, même pour les impies. La prière nous est innée, et peut-être vous en rendrez-vous compte, si vous aussi vous vous retrouvez un jour à la merci des éléments, sans pouvoir agir, dépendant *entièrement* de forces qui vous dépassent et contre lesquelles vous ne pouvez *rien*.

Étonnamment, les enfants n'avaient pas peur. Tout cela les faisait rire. Comme si, au cœur du danger, ils se sentaient encore simplement spectateurs, comme si tout cela ne pouvait pas être sérieux, ne pouvait pas être vrai, et, pour tout vous dire, cela m'arrangeait que les enfants *ne réalisent pas* ce qu'il se passait. Moi, prise dans la tempête en pleine mer d'Iroise, j'étais pétrie de peur, souhaitant être n'importe où, mais pas là, éprouvant le temps comme une pure *patience*, lente, douloureuse, intenable. Oui, j'ai eu peur, et avez-vous déjà perçu comme la peur est laide ? Comme elle abolit jusqu'au sentiment du sublime ?

J'ai eu tellement peur, comprenez-vous ? Tellement peur, prise dans la folie de la mer, soumise à sa volonté, comme je me trouvais suspendue à la sentence de Mathias, petite chose fébrile et impuissante entre ses mains.

J'étais là, debout, haletante, tétanisée. Lui tout à sa déchirure. Ma simple présence devenait une injure, relevant de toute évidence de la pure provocation. Alors je suis sortie. J'ai erré en attendant d'aller chercher les enfants à l'école. J'avançais, voûtée, comme ployant sous une charge honteuse. J'ai voulu disparaître. Oui, j'ai vraiment souhaité partir, m'effacer de honte. Mais il y a les enfants. Et quand on est coupable, il ne faut pas trop en rajouter. Tout est bon pour vous enfoncer, alors il faut assumer, rester digne et courber l'échine. J'ai souri aux mères de famille, des larmes plein les yeux. J'ai traîné ma misère du perron de l'école aux balançoires de la place, je me suis excusée d'avoir oublié le goûter. Je me suis répandue silencieusement, sans rien laisser paraître. Pourtant j'étais pleine de vertige. Mais non: je ne m'écroule jamais. Et c'est une leçon que j'ai retenue de Spinoza: on ne sait pas ce que peut le corps. On ne sait pas.

J'ai déposé les enfants à la maison et je suis repartie aussitôt. Je suis allée nager. Le chlore de la piscine: avouez que l'on n'a rien inventé de mieux pour nettoyer la souillure de l'âme depuis l'eau bénite.

J'ai nagé avec rage, jusqu'à m'épuiser, jusqu'à étourdir tout mon corps. J'ai déchargé ma détresse contenue, vidé mon cœur, et je suis sortie de là, titubante et ivre, sèche et absolument vide.

Mathias a été admirable. Grand prince. Il a fait preuve d'une mansuétude à la hauteur de son crime, car il s'est dit prêt à accepter. Que ça *ait été* moi. Qui ait pensé, écrit, fait, ce que j'avais écrit avoir pensé et fait. Mathias est pragmatique. Nous avons bâti un petit empire ensemble: une maison, des enfants, un équilibre, une vie. Oui, il souhaitait garder tout cela. Et puis, nous ne nous entendions pas si mal. Dans le fond, nos convictions sont communes, et nous savons être bien ensemble. Alors, si je le voulais bien, réessayons d'être heureux. Repartons sur de bonnes bases. Effaçons l'ardoise et n'en parlons plus.

N'en parlons plus.

Moi, trop heureuse, vous comprenez, qu'il ne me répudie pas, qu'il veuille encore de moi, j'ai signé sans hésiter. Mais bien sûr, je n'y croyais pas complètement. Ou plutôt, je doutais que ce pût être si simple. Mathias s'est toujours cru plus fort que ses sentiments, c'est un vrai problème ; il n'a jamais accepté qu'une part de lui puisse lui échapper. Mais sur le moment je n'ai rien dit, et même je voulais y croire. Je voulais penser que c'était possible, et j'étais tellement morte de trouille que j'étais prête à beaucoup de choses, *beaucoup de choses* voyez-vous, pour réparer mes erreurs, payer en quelque sorte, et aussi comme on dit sauver les meubles.

Alors je me suis appliquée à cette vie blanche et lisse de femme digne. J'ai tâché de vivre comme on attendait que je le fasse. Une vraie vie de famille. Une maîtresse de maison irréprochable. J'ai conduit les enfants à l'école, préparé le repas, débarrassé la table, fait la vaisselle, je n'ai presque plus oublié le goûter. J'ai organisé des dîners avec nos amis, confectionné des gâteaux et bu un peu plus de vin qu'à mon habitude. Ça a tenu un temps. Car c'est à ce moment-là que je me suis découverte si différente, si étrangère à celle que j'étais. Je ne savais plus me positionner, comprenez-vous. Je souriais et je faisais la conversation, demandais des nouvelles de la famille, m'intéressais aux uns et aux autres, posais des questions pour ne pas avoir à donner de réponses. Car de moi, de ma vie, je n'avais rien à dire. Je faisais semblant de tout, car dans le fond tout m'indifférait.

Mathias, quant à lui, avait une vigilance constante à mon égard, une attention de tous les instants. Il me reprochait parfois une tristesse trop ostensible, une absence à moi-même et à ce qui m'entourait, une distraction. Je nous observais dans notre cercle d'amis sans comprendre. Tout était bien, tout était rodé, tout le monde bavardait joyeusement, riait de bon cœur, et pourtant j'étais vide. Je m'inquiétais ; redoutais que mon ennui soit découvert, et que perce alors ma nature corrompue et probablement dégénérée. Peut-être percevait-on mes silences, et cette fatigue, immense, pour laquelle on sait toujours trouver de bonnes excuses. Mais le regard pesant de Mathias, inquisiteur, lourd de reproches : voilà le fardeau.

Alors partir. La possibilité de partir comme un fanal rassurant dans l'horizon brouillé des tempêtes. Partir comme on s'évade. Le vieux rêve que l'on dépoussière, que l'on sort de la boîte de Pandore et auquel, en désespoir de cause, on se raccroche. Partir pour coïncider avec ce sentiment d'étrangeté permanent, pour me frotter à l'âpreté du désert, pour éprouver ma solitude. Projeter ailleurs ce qui me manque, et que j'imaginais pourtant bien présent là, quelque part, derrière mon voile de mélancolie : la beauté du jour, l'idéal de pureté, le fin mot de l'histoire et le sens de la vie. Partir pour désirer encore. Et l'ailleurs, quel puissant moteur du désir ! Il y a l'idée que la vie est là-bas, qu'il faut accorder le mouvement de l'existence à notre déplacement géographique, que cela peut être nécessaire pour avancer quand on se sent à bout de souffle, encalminé dans un port à marée basse. Et puis il y a l'attrait du monde chatoyant, de tout ce qui nous demeure opaque, du mystère de l'existence qu'on aimerait bien percer en se frottant à l'infini choix des routes à emprunter, jusqu'au vertige. Lancer les dés. Ne pas se sentir déterminé. Vivre une autre idée de la liberté. Partir pour questionner la frontière entre le dedans et le dehors, éprouver la porosité de nos propres contours, et, un instant, se dissoudre dans le bruissement du monde, disparaître dans sa rumeur, la sentir palpiter en soi comme on cueille la beauté du jour. Partir pour sentir la vie couler, la boire à petites gorgées chaudes.

Partir aussi, enfin, pour regarder sa vie de loin. La mettre à distance, l'observer en surplomb. S'y mirer comme dans une eau. Et s'y reconnaître ou pas.

Parce que moi, acculée comme une bête devant un précipice, j'ai eu peur, voilà, peur de tout perdre, peur que Mathias, me découvrant telle que je suis, ne prenne ses jambes à son cou. Et j'ai senti là combien je tenais moi aussi à notre vie, à tout ce que nous avions construit ensemble, et combien cet équilibre, fragile, que nous avions réussi à créer en dépit de toutes mes insatisfactions m'importait. Alors j'ai réagi comme il attendait que je le fasse, mais pour tout vous dire, à la longue, je ne sais pas si j'ai fait le bon choix.

Je vois bien aujourd'hui que nous nous heurtons toujours aux mêmes écueils. Nous ne parvenons plus à être ensemble, voilà la vérité. Nous nous observons, de loin, sans parvenir à nous comprendre. Cela était latent, sans doute, bien avant l'histoire du carnet.

Depuis longtemps nous vivions l'un à côté de l'autre sans véritablement vivre ensemble, à part quinze jours au mois d'août quand nous partions en vacances à la montagne. Le reste du temps, nous avions élaboré plus ou moins consciemment des trésors de stratégie pour créer une illusion de vie commune quand nous ne faisions que nous croiser. Le matin je partais tôt, le soir Mathias rentrait tard ; et puis il y avait les activités, les nôtres, celles des enfants. Le week-end bien souvent nous sortions séparément. Nous ne nous intéressions pas aux mêmes choses, alors quoi de plus normal ? Mathias allait à la voile, et moi au théâtre. Mathias retrouvait ses amis pour le foot, et j'allais danser avec mes copines. Ce n'était pas une situation satisfaisante, bien sûr que non, et il m'arrivait au cours de soirées auxquelles je me rendais seule d'observer ces couples réunis, ces couples qui semblaient complices, qui partageaient leur temps de loisir avec la simplicité d'une profonde entente tandis que j'étais seule, que je vivais ces moments seule ; et alors oui, mon cœur se serrait. C'est la première impression que j'ai eue d'Ismaël : nous ne nous connaissions pas, nous venions de commencer à discuter, et je me souviens qu'il me parlait déjà de l'essentiel, du poète Novalis et de ce qu'il permettait « d'approcher le gouffre » ainsi que l'expliquait son traducteur Armel Guerne. Personne ne peut aller seul au bord du gouffre, disait-il. À quoi croyez-vous que servent les livres ? Voilà ce qu'il me disait, et alors sa femme est arrivée. J'ai vu le bel ovale de son visage, la délicatesse de sa nuque tandis qu'elle posait très doucement son menton sur l'épaule de son mari. Cette marque d'affection m'a bouleversée. Comme on peut être trompé, n'est-ce pas, par un geste d'amour, comme cela peut nous déstabiliser, aussi fortement qu'un mot acerbe ou un geste impudique… Plus tard, en repensant à cette soirée, ou plus exactement en en cherchant le sens, j'ai revu ce geste à la fois simple et intime, le menton de la femme posé sur l'épaule de son mari, ce regard de complicité attendrie ; je revoyais ce mouvement comme s'il y avait quelque chose qui m'échappait, un message qu'il aurait porté et qui m'était peut-être adressé ; ou bien s'agissait-il d'un échange entre eux dont la signification me dépassait ; ou alors tout cela n'était-il que le reflet de l'échec de ce qui me semblait être ma vie à cet instant-là : échec de mes aspirations, échec de mes idéaux, échec de ma vie conjugale ? Car Ismaël, de ce que j'avais pu en voir, semblait justement cristalliser toutes les réussites : brillant professeur d'université, il s'était spécialisé dans la poésie comparée, lisait les auteurs perses et arabes. Il venait de rédiger la préface de la nouvelle traduction de Rûmî, et avais-je lu *Le Livre de Shams de Tabrîz* ? Ismaël était intarissable, semblait *habité* par la poésie ; et sa femme souriante, silencieuse, le regardait avec une tendresse mêlée d'indulgence, ce qui est la façon la plus affectueuse d'accueillir les tempéraments passionnés dans ce qu'ils ont de plus outré et de plus invivable.

Face à eux deux, j'étais seule. Et pourtant cette soirée, c'était il y a plusieurs années. Trois ou quatre ans peut-être. J'étais déjà seule. Avec le temps, je me suis endurcie, j'ai pris mon parti de la situation. J'ai appris à relativiser : ne dit-on pas que le couple ne peut être le lieu de l'épanouissement absolu ? Que celui qui n'a jamais rêvé de changer l'autre, de le modeler à sa manière, que celui qui n'a jamais connu la frustration des manquements de l'autre me jette la première pierre. J'étais une part intégrée de la vie de Mathias, et si bien assimilée que j'en étais devenue invisible. Mais enfin, comment accepter de disparaître dans la tapisserie ? Comment se résigner à être à peine plus qu'un meuble, un ornement, et avec le temps à être à la fois si familière et pourtant de plus en plus étrangère à celui auquel vous vous êtes liée dans un temps si reculé que vous ne vous souvenez plus très bien pour quelles obscures raisons, dans quelle mystérieuse conjoncture, et pour combler quelles peurs, quelle faiblesse passagère et juvénile ?

Comme vous, je me faisais le reproche de trop en attendre, de trop croire encore aux contes de fées, d'être tellement sentimentale, si exigeante aussi peut-être et passablement pétrie d'un idéal d'un autre siècle. Nous sommes toujours imparfaits, me raisonnais-je, je ne peux pas attendre de Mathias qu'il me satisfasse pleinement. Et ce n'est pas grave. C'est un simple principe de réalité que de comprendre qu'il ne pourra jamais répondre à toutes mes attentes. Et en l'occurrence, Mathias était déjà tellement tout ce que je pouvais espérer. Il comblait chacune de mes failles, et je suis lucide sur mes faiblesses, sur ce qui me fait tellement défaut, ce qui serait même un handicap, si Mathias ne m'apportait pas l'équilibre nécessaire à ma perpétuation dans ce monde exigu. Ainsi me raisonnais-je, et je pensais alors, très innocemment certes, qu'il me suffisait d'aller chercher ailleurs ce que je ne trouvais pas chez lui, que les amis étaient là pour ça, et heureusement oui, j'ai quelques amis précieux, mais peu sont à portée de main. La plupart de mes grands amis sont restés à Paris, à commencer par Tim, mon vieil ami, le socle de mon identité, car figurez-vous que nos amis nous prolongent et qu'il est inexact de considérer que nous sommes limités, bornés si je puis dire, par notre seule corporéité. Nous sommes au-delà de nous-mêmes ; nous sommes façonnés et définis par nos rencontres, nos amis, nos amours, nos lectures. Ne me dites tout de même pas que vous cultivez encore cette illusion si arrogante de pensée libre ? Croyez-vous que vous pensez par vous-même ? Enfin, ne soyez pas si naïve... La pensée libre est la portion congrue de notre vie intérieure, soyez-en assurée. Et à Brest, comment vous dire, ce n'est pas pareil... J'ai découvert chez les Bretons cette forme de pudeur qui se déguise en politesse. Ne vous méprenez pas : il y a, à Brest, une incroyable chaleur humaine, une rage de vivre. Chanter et vivre de façon tonitruante pour ne pas crever de désespoir, quelque chose comme ça. Une forme de poésie brute, d'élégance dans la grossièreté, une âpreté empreinte de noblesse où la laideur du glauque le plus pathétique côtoie la sincérité la plus intègre, les sentiments les plus purs. À Brest, les femmes boivent autant que les hommes, à l'égal des hommes, et c'est là la plus forte subsistance du matriarcat légendaire des Finistériennes. Et en guise de preuve d'amour, les hommes leur tiennent les cheveux tandis qu'elles vomissent. À Brest, à tout âge, on boit, on oublie, les filles se réveillent dans des maisons inconnues, et tout le monde en rit. À Brest, on a le goût du suicide spectaculaire, et les ponts ne manquent pas pour s'en jeter.

Cela fait douze ans que j'habite la ville, je m'y sens chez moi, et pourtant je l'observe encore avec le recul du métèque, avec l'œil neuf et curieux de l'étranger qui arrive. Je m'y suis fait des amis, de nombreux amis, et que me manque-t-il ? J'ai cherché des gens comme moi. Insatiables. Et j'ai cru trouver ce qui me manquait chez Mathias. L'ancrage qui me faisait défaut. Mais ça n'a pas tenu. Nous l'avons compris tous deux avec l'épisode du carnet.

Alors depuis je m'essaie à cette vie *sans profondeur,* voyez-vous. Cette vie étale, sans duplicité, sans intériorité, sans secret. Mais le problème est que je n'y arrive pas. Par exemple, au moment où j'ai pris la plume, jamais je n'aurais imaginé vous écrire une *si longue* lettre, jamais je n'aurais pensé que l'écriture me déborderait de la sorte et que, dans un flot de mots forçant toutes les digues des convenances, je vous livrerais tel quel, sans réserve et sans retenue, le fond de ma pensée. En fait, depuis que je me force à être conforme à ce que Mathias attend que je sois, je vois bien qu'un certain nombre de choses me débordent. Et je réalise à l'instant qu'en m'empêchant d'écrire, une petite voix s'est immiscée dans mon for intérieur. Les fantômes qui m'habitent, chassés de leur espace, ont colonisé d'autres lieux ; ils peuplent désormais mes rêves et se rappellent à moi étrangement, à des moments tout à fait improbables. Ils sont là, au premier plan ou en retrait. Et plus je les contiens, plus ils s'acharnent à revenir, à percer mes pensées et toutes les zones inoccupées de ma conscience. Chassés par la porte, ils entrent par la fenêtre ; c'est une vigilance de tous les instants que de les maîtriser, de les renvoyer dans les limbes, de leur faire comprendre qu'il faut, une bonne fois pour toutes, qu'ils s'en aillent au diable et me laissent en paix. C'est un travail qui ne supporte aucun moment de faiblesse. C'est épuisant.

Je ressens si souvent une profonde vulnérabilité. C'est étrange. Parfois, ma faiblesse me ronge les entrailles, me brûle les lèvres. Je ne pleure jamais. Mais je tremble imperceptiblement. Les choses me dépassent si souvent, je suis si peu maître de tout ce qui me concerne, même directement. Je me sens à la merci du premier venu, incapable de résister à un sourire d'empathie, désarmée devant la franchise d'un regard, devant un mot qu'on me prononce droit dans les yeux. Si vulnérable, oui. Et je me demande si ce n'est pas justement cette vulnérabilité qui transpire dans mes yeux, dans mes gestes, si chacun de mes regards ne serait pas perçu comme un appel à l'aide, comme une forme de prière. Et c'est comme si, dès que mes yeux se posent sur un homme, dès que nos regards se rencontrent, il me voyait dans cet état de faiblesse absolue, d'abandon sans recours, comme s'il comprenait que quelque chose en moi l'implorait, comme s'il percevait la détresse de mon âme et que c'était alors le tréfonds de son inconscient qui l'enjoignait à voler à mon secours, son instinct archaïque de sauveur qui le portait, *naturellement* pour ainsi dire, à prendre pitié de la pauvre créature que je suis ; ou au contraire comme si son instinct *carnassier* se réveillait, et qu'il s'agissait alors de faire de moi son goûter, sa douceur, tant il est simple de me dévorer.

Parfois pourtant, je pousse ma vie. Je suis rugissante et forte, je m'éparpille dans mille occupations, et si cela m'ennuie, du moins est-ce un moyen de canaliser mes pensées, de les contraindre à des champs bornés et maîtrisables. Mais dès que je sens mon énergie faiblir, dès qu'un espace se libère, je perds le contrôle.

C'était ce week-end par exemple ; comme d'habitude quand les beaux jours arrivent, nous avions tant de choses à faire, et particulièrement ce samedi. C'était la kermesse de l'école, le spectacle des maternelles le matin, puis le repas, et nous mettons un point d'honneur à nous investir dans ce genre de manifestations. Mathias a aidé à monter les stands, dresser les tables, et moi j'étais à la caisse.

Dans l'après-midi, Tim est arrivé. Vous savez, Tim, je vous en ai parlé… Je l'ai rencontré sur les bancs de l'université. Au premier cours d'un séminaire sur le romantisme allemand. Il m'a demandé s'il pouvait s'asseoir à côté de moi, et voilà comment naissent les grandes amitiés. À l'époque nous passions tout notre temps libre dans le jardin de l'abbaye de Cluny, en face de la Sorbonne. Nous parlions littérature, nous nous faisions lire nos pauvres vers, les yeux pleins de fougue. Et régulièrement nous débattions du romantisme allemand. De ce qui n'avait plus jamais été pareil *après*. Je soutenais que nous vivions encore dans le prolongement de cette révolution, que nous en étions imprégnés jusqu'à la moelle, imbibés comme des babas de ce romantisme juteux, et qu'il nous collait à la peau en dépit des lignées de Céline, de Bataille, de Bukowski, de Houellebecq qui, tout iconoclastes qu'ils fussent, ne parvenaient pas à nous extraire du langage romantique, de l'idéal romantique, et rappelez-vous l'idée de trouver « sa » moitié… On a beau crier haut et fort qu'on ne nous la fait pas, qu'on n'y croit plus, à toutes ces billevesées, ces histoires sirupeuses, on a toujours partie liée avec ces conceptions de l'amour, de la vie, de la mort et des grands sentiments qui s'y alignent. Qu'on soit épris d'absolu ou pas, on se débat avec les monstres du romantisme, sans pouvoir tout à fait s'en extraire. Tim n'est pas d'accord avec moi. Lui est attaché à une vision très circonscrite du romantisme, qui a vécu, et n'a pas plus de prise sur ce que nous sommes que les théories de Port-Royal. C'est, à mon sens, bien présomptueux de penser qu'on se défait ainsi, en une poignée d'années, quelques siècles à peine, d'une culture si profondément ancrée (et je parle ici peut-être autant du romantisme que de Port-Royal). Qu'en pensez-vous ?

Tim est mon interlocuteur privilégié pour tout. Pourtant nous ne tombons pas souvent d'accord, nous avons plus souvent des controverses que des consensus, mais du moins parlons-nous à cœur ouvert, de tout, librement, sans crainte du jugement de l'autre. Et je dirai même : nous pouvons parler, parce que nous parlons *le même langage*, ce qui est plus rare qu'on ne le pense. Bien souvent mon sentiment de solitude naît de ce que je sens l'autre imperméable à ma forme de communication. Nous pouvons converser pendant des heures sans jamais parler de la même chose, sans jamais atteindre d'espace commun dans l'échange, et alors tout reste un peu évasif, un peu distant, un peu vain. Cela doit vous arriver aussi j'imagine. Avec votre mari, même, certainement. N'avez-vous pas l'impression parfois qu'il est, en dépit de son attention débonnaire, en dehors de l'affaire ? Quoi de plus surprenant ? Il manie des chiffres à longueur de journée, des chiffres à quatre ou cinq zéros qu'il convertit en tonnes, puis en dollars. Et vous tentez de lui parler de votre travail d'enseignante et de directrice, des élèves ou de vos collègues, de la matière humaine en fin de compte, et que voulez-vous qu'il y comprenne ? Ça l'ennuie, vous le percevez clairement, malgré ses efforts manifestes pour le cacher. Ça l'ennuie profondément ; il ne voit pas où est l'intérêt. La plupart de ces gamins mériteraient une bonne paire de claques, ça leur remettrait les idées en place. Ces enfants insolents, mal élevés, sans manières, ils sont trop gâtés tout simplement. Alors que lui, il s'occupe de problèmes *vraiment* importants. Vraiment graves. Lui, il manipule des millions. Il a le sort de centaines d'employés entre les mains, et il doit rendre des comptes aux investisseurs. Lui subit une pression constante, et doit sans cesse concilier l'impossible. Lui risque gros. Lui a des problèmes, des vrais, alors que vous…

Je sais ce que vous vivez, les rapports humains sont de perpétuels malentendus. Avec Tim, nous évoluons sur le même plan. Et depuis qu'il a obtenu un poste de maître de conférences à Rennes, nous pouvons nous voir plus souvent. Ce week-end il est venu, parce que c'était mon anniversaire, et qu'en plus de la kermesse, du service au comptoir, nous recevions vingt personnes à la maison le soir même. J'ai quitté la fête un peu plus tôt pour préparer le repas et je me suis retrouvée au milieu d'un silence dans lequel vibrait encore l'écho bourdonnant des jeux d'enfants. J'étais subitement désœuvrée. C'était très étrange ; j'avais tant à faire… Je me suis un peu agitée dans la cuisine. Mais tout était blanc, vide, inutile. Alors je me suis étendue sur le canapé du salon après avoir retiré mes sandales, ma longue robe couvrant mes jambes comme un drap, la tête posée sur un coussin, et j'ai pensé : dix minutes, pas plus.

Ça a été fulgurant. Comme si tout mon affairement de la journée n'avait été qu'une gesticulation absurde pour ne pas y penser. Et comme si mon esprit, soudain libre de vagabonder, avait saisi la première occasion pour retrouver ce qui blesse, pour se glisser dans la plaie béante. J'ai senti, avec une acuité déchirante, tout ce que j'avais *perdu*. La perte, oui. Immense, douloureuse. Irrémédiable. L'inscription du réel qui s'interposait violemment entre ma volonté et moi.

Et puis, au cœur de cette brûlure, au point d'incandescence originelle, un visage. Une silhouette. Un fantôme. Une ombre que rien d'autre que la lenteur du temps ne saurait faire mourir. Un souvenir au contour très net. Foudroyant comme un impact de balle. Tout mon corps soudain tendu, rongé par un mal étrange, un manque profond, une faim, un appel. Immédiatement, j'ai pleuré. Ce n'étaient pas des larmes de complaisance, pas non plus des larmes pour se vider d'un trop-plein ; c'étaient des larmes autonomes, qui coulaient d'elles-mêmes, sans mon consentement, sans me soulager de rien.

Tim est arrivé quelques instants après, il m'a regardée avec cet air soucieux que je lui connais, cette façon de ne pas prendre les états d'âme à la légère. Il m'a demandé : ça va ? Je lui ai dit : j'ai l'impression d'être Mrs Dalloway.

C'est curieux, voyez-vous, comme ça m'est venu. Ce matin justement, il y avait à la radio une émission sur Virginia Woolf, et voilà bien une femme qui, au-delà de l'invention d'une nouvelle forme d'écriture, a avant tout révélé un nouveau rapport au monde dans lequel toutes les strates de la conscience sont mises sur le même plan, s'interpénétrant en permanence, brouillant les contours de ce que l'on considère trop souvent, à tort, comme la réalité.

Car que puis-je dire de chacun des gestes exécutés par cette femme parfaite que je m'appliquais à être ? N'étaient-ils pas dictés par la peur tacite de dévoiler celle que j'étais en dessous ? Juste derrière les couches superficielles de convention affleuraient toujours, quoi que je fasse, les entrailles du désir, le trouble murmure de la liberté, et oui, c'était une dissociation permanente ; j'étais accompagnée de la petite voix qui commentait chaque situation, chaque décision ; une petite voix à côté de moi, et comme légèrement en surplomb ; et elle m'interrogeait : que fais-tu là ? Pourquoi restes-tu là ? Où est la vie ? Où est *ta* vie ? Elle formulait tout, elle cherchait des mots pour naître, pour trouver un sens, et ce faisant elle soulignait l'absurdité de tout, ma contradiction permanente.

Dans le fond depuis combien de temps cherchait-elle à se faire entendre ? N'était-ce pas là la source de mon incompréhension avec Mathias ? Quand je repense à cette soirée, il y a trois ou quatre ans maintenant, celle où j'ai vu la femme d'Ismaël poser son menton sur l'épaule de son mari, je crois comprendre ce qui m'échappait alors et me rendait tellement triste.

Je passais le week-end à Paris, chez Tim. D'habitude, je lui parle très sincèrement, mais là il était, comment dire, occupé ailleurs. Je ne lui en veux pas, bien sûr, chacun est accaparé avant tout par sa vie, c'est normal. Chacun cherche à se dépêtrer comme il peut avec la mélasse de la vie, et à donner une consistance à peu près cohérente à ce qu'il pousse devant lui. Il n'y a rien de plus compréhensible, vraiment. Mais il se trouve qu'à ce moment-là, à ce moment précis de détresse, j'avais besoin de lui, de son écoute, de son amitié, de son empathie peut-être, parce que je me *noyais* littéralement dans une soupe de néant conjugal, une soupe tantôt amère, tantôt simplement fade, et si souvent, si souvent insipide qu'on aurait dit à peine plus que de l'eau.

Tim était alors en pleine expansion d'être, en plein déploiement de sa puissance. Lui brillait, aspirait la vie à pleins poumons, et nageait dans le courant de la réussite avec la facilité d'une truite glissant dans un ruisseau. Je venais d'arriver dans son appartement de la rue du Temple ; il faisait froid et nuit, j'aspirais à me retrouver dans l'intimité de notre conversation à deux. Mais lui avait d'autres plans, il voulait m'emmener chez un ami qui organisait une fête dans un bar du Marais. Nous allions rire et danser, et boire jusqu'au bout de la nuit. Je n'en avais nullement envie, mais je l'ai suivi.

Il y avait beaucoup de monde, il fallait se composer un visage de façade, sourire, faire comme si. Tim allait et venait avec la grâce féline de son long corps mince, suivi de tout une cour d'admirateurs, anciens amants pour certains ou futurs amours pour d'autres, quémandant fiévreusement un regard, un de ces regards qui vous donne l'impression qu'il vous livre le secret de son âme, que le reste du monde est subitement aboli et qu'il a tout son amour, là, impudique, en offrande sur le bord de ses lèvres. Tim remue les cœurs où qu'il passe. On le voit, il imprime la beauté dans les esprits, inonde les cœurs de sa sensualité sibylline, comme si le don était simple, comme si sa générosité sans borne venait à bout des âmes les plus sèches et les plus farouches. Rien d'un jeu innocent ou pervers, rien de la frivolité de l'artifice, de la vanité égotique. La séduction est son *mode d'existence*, plein et entier. Un don de soi absolu et sans garde-fou. Cette faculté fait de lui un être à part.

Moi, bien souvent, je suis transparente. Je rencontre les gens, je leur parle, sans jamais imprégner leur mémoire. Et si nous nous revoyons, ils semblent n'avoir gardé aucun souvenir ni de nos échanges, ni de ma personne. C'est chaque fois assez troublant, car cela me donne le sentiment de ne pas véritablement *exister*. Aurais-je rêvé cette rencontre ou a-t-elle bien eu lieu ? Ai-je inventé tout cela ? Qui, de moi ou de l'autre, a une mémoire défaillante ? Pourquoi l'avantage serait-il donné à celui qui croit avoir vécu quelque chose plutôt qu'à celui qui ne se souvient pas avoir vécu ? Combien de jours ainsi perdus, combien de visages ainsi disparus dans les nuits de l'oubli ? Peut-être rêvé-je ma vie bien plus que ces gens, si terriens, sans mémoire, ces gens qui vivent sans ombre du passé, si amarrés au présent, si projetés dans un futur aussi concret que la Mercedes du concessionnaire ou la maison de vacances à Sarzeau, et quel poids mon souvenir a-t-il face à ces fantasmes matérialistes ?

Oui, peut-être est-ce moi qui me trompe ; peut-être que je n'existe pas, car personne ne semble se souvenir de ma présence.

D'autres fois au contraire, les gens croient m'avoir déjà rencontrée, alors qu'il est *évident* que nous nous voyons pour la première fois. Surprenant, n'est-ce pas ? À croire que j'ai le visage interchangeable des présentatrices météo.

Je suis aussi transparente que l'air, aussi insaisissable que l'eau, et croyez-vous que l'on puisse raisonnablement conclure à un *cogito ergo sum* dans ces conditions ?

Je suis assez timide, c'est vrai. Et je m'arrange bien, parfois, de l'oubli que l'on m'accorde. Mais je sais aussi dépasser ma réserve, car j'aime tellement, moi aussi, sentir la vibration d'un échange sincère, d'une rencontre, et je vous ai dit déjà comme nous étions entourés d'amis ici, qui nous portent une réelle et bienfaisante affection. Alors, seule au milieu de tous ces inconnus, à peine introduite par Tim auprès de ses amis et de ses collègues, j'ai engagé la conversation, poliment, et il faut bien le dire, un peu en désespoir de cause, parce que c'est Tim que j'étais venue voir, et Tim avait déjà disparu, accaparé par ses conquêtes, ses admirateurs, ses amis, ses amants.

Quand j'ai repensé, plus tard, à cette soirée, je revoyais la haute silhouette d'Ismaël, ses yeux scrutateurs derrière ses petites lunettes, son air *avide*, son esprit vif, percutant. Il s'était montré curieux, m'avait posé quelques questions qui m'avaient semblé étranges, car nous nous étions rapidement retrouvés, je ne sais pourquoi, dans le champ de l'intime. Nous avions évoqué nos aspirations, parlé de nos choix. Et je m'étais sentie insignifiante. Où passait mon temps tandis que cet homme lisait, écrivait, publiait, embrassait le monde et semblait ne jamais s'arrêter ?

À ce moment-là, sa femme avait disparu, partie vers d'autres conversations, et nous étions seuls, un peu isolés de l'agitation de la fête aussi, du vacarme de la musique, pour mieux nous entendre. J'avais bu un peu trop de vin pétillant, et j'étais moi-même emportée dans une sorte de trouble volubilité, flottant légèrement au-dessus de mon corps. J'observais à la dérobée l'ombre mouvante de sa peau cuivrée, son étrange moue par moment, comme une légère crispation des lèvres, et son regard clair, à la fois intense et lointain. Et pouvez-vous imaginer que tout découle de cette rencontre, de cette soirée à laquelle je ne voulais pas me rendre et à laquelle j'ai consenti dans l'espoir de passer un peu de temps avec Tim quand il se dépêcha de me laisser à moi-même, cette soirée qui me laissa les jours suivants une amertume dans la bouche, un goût de manqué, un goût d'abandon, comme si se révélait criant à mes yeux tout ce dont j'étais incapable, tout ce que ma vie contenait d'échecs au regard de celle de cet homme-là, accompli, aimé, aimant, brillant, reconnu ? Et sans cette rencontre, peut-être n'aurions-nous pas cherché à partir, aussi nous pouvons dire que notre venue en Ouzbékistan était déjà inscrite en germe lors de cette soirée il y a trois ou quatre ans. Oui, sans la rencontre d'Ismaël, peut-être n'aurait-il pas été nécessaire de trouver en urgence une direction à emprunter, un tour de passe-passe pour continuer et croire en des lendemains qui chantent.

Il faut que je vous le dise, même si vous vous en doutez peut-être : l'Ouzbékistan, à première vue, n'était pas notre destination de prédilection. Nous avons épluché les annonces des lycées français un peu partout dans le monde, et envoyé une quinzaine de candidatures avec C.V., lettre de motivation, photocopie de livret de famille, et rapport d'inspection. Et je crois bien que je m'occupais de constituer un dossier pour Bali quand Mathias, qui cherchait de son côté, m'a dit qu'il y avait un poste en Ouzbékistan. J'ai dû faire la grimace. Mais comprenez-moi, Tachkent face à Bali, ça tient difficilement la comparaison. La première chose que j'ai faite, en toute honnêteté, a été de consulter une carte pour situer l'Ouzbékistan dans l'Asie (c'est là que nous avons vu qu'il n'y avait pas de mer. Un pays sans mer !), puis Tachkent dans l'Ouzbékistan, bizarrement excentrée, dans ce qui semble être une annexe, arrachée aux forceps à son grand voisin le Kazakhstan pour se forger une unité nationale aussi authentique qu'une coiffe bigoudène aux fêtes maritimes estivales.

J'ai soupiré : je ne sais pas. L'Ouzbékistan, ça ne m'inspirait rien pour tout vous dire. Et j'étais assez perdue : si ici, pourquoi pas ailleurs ? Mathias avait l'air de savoir mieux que moi. Il a monté le dossier, je n'ai eu qu'à signer, et voilà.

Mais je vous rassure : entre-temps ma motivation s'est affermie, et aujourd'hui, si j'en suis venue à la décision de prendre le poste malgré votre méthode très dissuasive, c'est qu'il m'apparaît désormais comme une absolue nécessité de nous établir là et pas ailleurs. De toute évidence, je suis *destinée* à venir en Ouzbékistan. C'est une certitude. Maintenant et pas dans cinq ans.

C'est que nous sommes dans une détresse absolue, alors vous comprenez à quel point je peux avoir *besoin* du bleu de Samarcande ? De ces coupoles, de ces motifs chantournés, de ces spirales, de ces ondulations orientales ; de tout le fantasme orientaliste fait de pampre et de fanfreluches dont nous, les Occidentaux, sommes si friands. J'ai *besoin* du luxe et de la splendeur de la route de la soie, comme j'ai *besoin* de l'âpreté de l'exil, de l'assèchement du désert qui se heurte à l'abondance soudaine, brutale et décadente de l'oasis. Vous comprenez comme la nécessité n'est pas tant de partir que de tout quitter pour cet Est chimérique d'exotisme, pour ce bleu à l'intensité farouche, inaccessible, à l'éclat insolent ? Vous comprenez ce *besoin* d'Orient, de mystère, de voile, de sensualité ?

L'orientalisme à la française, n'est-ce pas juste l'image d'une femme au déhanché suggestif, si légèrement vêtue de taffetas moiré, le visage voilé pour mieux découvrir ses épaules, ses seins, sa taille lourdement parée de bijoux, les mains tatouées au henné, et qui se dévoile à mesure qu'elle se cache, qui révèle les mystères de sa beauté à mesure qu'elle les dissimule ? L'orientalisme à la française est-il autre chose que celui de Baudelaire et de son *Invitation au voyage* ? Ses riches plafonds, ses miroirs profonds, sa splendeur orientale ? La volupté opiacée d'un salon tout de toiles tendues, de coussins, de miroirs et de méridiennes, la chaleur calfeutrée de la menthe et du narghilé.

Partir, oui, partir vers cet éden de profusion et de douceur. Avec le recul, ça m'est apparu comme une évidence. Partir précisément *là-bas*. Justement *à cause* de toutes ces représentations construites en grande partie dans les livres, à travers les livres, et vous n'êtes pas sans savoir que je suis nouvellement agrégée, et pouvez-vous imaginer comme cela a à voir avec tout le reste, avec Tachkent, avec le voyage, et avec l'homme rencontré grâce à Tim ou à cause de Tim ? J'ai réussi à vous glisser un mot, lors de l'entretien, de mon amour pour les écrits de Nicolas Bouvier. Je vous ai sentie touchée à son évocation, sans parvenir à savoir si vous l'aviez lu. Car ma seule représentation de cette partie du monde était alors la sienne, celle de l'Afghanistan, votre belliqueux voisin du Sud qu'il traversa au début des années soixante. Un peu expressionniste, un peu défraîchie, certes, sa vision de l'Asie. Mais j'ai été imprégnée de cet Orient d'avant le choc pétrolier, d'avant la guerre Iran-Irak, d'avant l'intervention de Bush, d'avant le 11-Septembre.

Figurez-vous que *L'Usage du monde*, œuvre majeure de Bouvier, était au programme de l'agrégation de lettres modernes l'année où je l'ai obtenue, et comprenez-vous à présent ? J'ai passé une année dans une proximité, une intimité prolongée, une solitude de compagnonnage avec cette œuvre, et comprenez-vous ce que cela représente ? Personne ne peut comprendre, à part ceux qui en ont fait l'expérience. Et Ismaël l'avait vécue, ce qui faisait de nous, disait-il, des compagnons de guerre. Nous pouvions partager, disait-il, l'amitié des anciens combattants. Ismaël, c'est Tim qui me l'avait présenté, rapidement, car il le connaissait à peine, savait juste qu'il vivait à Brest, comme moi, et que cela faisait un point de rapprochement bien suffisant pour se connaître et mieux le laisser disparaître dans la fête ; et savait-il ce qu'il faisait ?

En ce qui concerne l'agrégation donc, vous ne pouvez pas comprendre. Personne autour de moi ne comprend. Mes collègues ne comprennent pas l'âpreté de la bataille que j'ai menée. Et moi-même parfois je l'oublie. À ceux qui m'en parlent, je dis des mots qui, à force d'être répétés, se vident de leur sens. Les mots pauvres que je possède estompent le souvenir réel de l'expérience. Je dis : « C'était éprouvant. » Je dis : « Je ne serais pas repartie pour une troisième année. » Je dis encore : « Ce n'était pas tant la quantité de travail que la pression, permanente. » Ce sont des mots tant de fois formulés qu'ils en perdent, même pour moi, leur force évocatrice. Ils gagnent une existence autonome, détachée de la réalité de mon vécu et de mon ressenti. À force d'être rabâchés, les mots se vident même de leur valeur référentielle. Le mot le plus fort, le plus puissant, finit par être totalement creux, une coquille vide. Ou est-ce à ce moment-là qu'ils commencent véritablement leur vie propre ? En liberté ? Jetés au vent par la bouche qui les essaime ?

Puis-je encore me souvenir de ces moments d'intense angoisse, de cette incertitude absolue, de ce temps suspendu qui paraît lui-même retenir son souffle ? Comment revenir à l'intention originelle de ce pari fou, de ce sacrifice sans aucune assurance de gratification, pour la seule beauté du geste ?

Jamais je n'ai eu l'impression, à ce point, *d'arracher* quelque chose, de me lancer corps et âme dans un projet, d'affirmer un désir, sans *aucun* espoir d'accomplissement réel, sans aucune certitude, à l'aveugle. Pendant deux ans, j'ai renoncé aux sorties, aux amis, j'ai délaissé mes enfants, demandé à Mathias de se rendre disponible et aussi d'assurer la sécurité financière de notre foyer, et j'ai plongé dans l'étude obstinée et solitaire, car vous imaginez bien que dans une ville comme Brest il n'existe pas de préparation à l'agrégation à l'université. Pendant deux ans, j'ai fait subir à ma famille mes humeurs changeantes, mon irascibilité, mon épuisement. Nous avons vécu à quatre avec mes obsessions, dormi à deux avec l'angoisse et, couchés en travers du lit, tout une ribambelle d'intrus m'accaparant, me retenant jalousement, défendant à Mathias de m'approcher : Montaigne, Racine, Chénier, Beaumarchais, Flaubert, Giono, et tant d'autres. Et Bouvier encore. Et Bouvier.

La première fois que j'ai croisé Ismaël par hasard, nous avons parlé de Bouvier. Qu'il connaissait mieux que moi à la vérité, comme beaucoup d'autres choses. Mais il n'est pas tout à fait exact de dire que c'était la première fois que je croisais Ismaël par hasard. En vérité, depuis notre rencontre à Paris, je l'avais déjà croisé de nombreuses fois ; mais lui ne m'avait jamais vue. Quand j'ai entrepris de préparer l'agrégation (une toquade au départ, ou une issue, mais connaît-on jamais la mystérieuse origine de la folie de nos entreprises ?), j'ai commencé à fréquenter assidûment la bibliothèque universitaire. Pour emprunter des livres, bien sûr, mais aussi pour y travailler sans risque d'être importunée par les enfants, et sans aucune de ces distractions dont une maison regorge particulièrement dès lors qu'il faut s'atteler à une étude austère que l'on peut toujours remettre à plus tard ; alors que faire une lessive, étendre le linge, régler les factures, préparer la soupe, ça a un caractère urgent et ça revêt une dimension de nécessité absolue quand il s'agit de se soustraire à une tâche dont l'ampleur, l'élan et l'énergie exigés nous paraissent follement démesurés.

J'ai donc pris le pli de me rendre quotidiennement à la bibliothèque pour y travailler sans me dérober. Et Ismaël y était aussi très souvent. Seulement, il paraissait tant absorbé par son travail, les yeux rivés sur son écran d'ordinateur, retranché derrière une barricade d'ouvrages épais, amoncelés pêle-mêle tout autour de lui, que je n'osais pas l'aborder. Et puis j'étais persuadée, dans le fond, que lui ne m'avait pas vue. Pas seulement cette fois-là, mais chaque fois, la première fois à Paris pas plus que les suivantes, quand bien même je me souvenais de détails précis de notre conversation, et que je pouvais me remémorer très distinctement la tonalité de sa voix, son débit rapide, précipité même, un peu monocorde, et l'inflexion de ses sourcils ponctuant chacune de ses phrases, accompagnée d'un léger mouvement de tête. Oui, j'avais vu, enregistré tout ça. Mais n'oubliez pas que moi, je me savais transparente. Une sorte d'observateur blanc qui ne laisse aucune marque dans les esprits. Aucun souvenir. Comme si je recevais sans jamais rien donner. Être l'observateur pur. C'est un pouvoir et c'est une souffrance. Car pouvez-vous comprendre ce besoin infini, ce puissant besoin de donner, qui est peut-être le simple corollaire du besoin d'exister ? D'éprouver une vérité d'être. Avoir la confirmation de sa présence au monde nécessite un témoin, un regard porté. Une véritable attention. Ma transparence me trouble. J'y vois la preuve répétée de mon inconsistance.

Peut-être ce phénomène m'apparaissait-il d'autant plus criant à cette période-là que j'avais tellement l'impression de disparaître. Je me dissolvais dans l'étude, j'étais absorbée par elle, entièrement, et face au monde extérieur, face à l'autre, je me sentais de plus en plus gauche et hésitante. Je ne savais plus quoi dire, plus comment être, alors je restais là, sans répartie, sans contenance, muette et rougissante, comme un objet incongru et un peu de mauvais goût dans un salon baroque, étrangère aux codes que tous semblent posséder ; et bientôt je fuyais même toutes les situations d'échange social de par l'inconfort qu'elles me procuraient, ne souhaitant plus que la compagnie de mes livres, le refuge de l'étude, la conversation silencieuse avec ces grands textes qui me parlaient de moi, qui me révélaient plus clairement à moi-même que n'importe quel miroir, ou analyse d'un psychologue, ou test de l'été dans une revue de plage destinée à un lectorat féminin auquel on vend de la publicité.

Rapidement, l'étude a été mon obsession et ma malédiction. Car en même temps que les livres étaient un refuge, une retraite, ils réveillaient en moi un désir sourd et étrange. Je sentais une force bouillonnante, impétueuse, gronder dans le fond de mon ventre. Une force ivre, voyez-vous, qui naissait peut-être de cette rigueur que j'imposais à mon corps, de cet ascétisme auquel je le contraignais. Un désir inconnu, sauvage, féroce, claquemuré dans le rigorisme de l'étude, ruait, se cabrait, tempêtait, m'exhortait à le relâcher, à desserrer l'étreinte de ma détermination, et je faisais taire ses appels pour le plier à mon austérité, je lui imposais le silence, tant j'avais besoin d'équanimité, d'un corps sans faille et sans faiblesse, tant il était nécessaire qu'il se soumette au rythme intense et régulier du travail. Je menais bel et bien une vie monacale, une vie éthérée, une vie purement intellectuelle. Aucune limite d'ordre matériel ne devait interférer. Aucun souci concret, prosaïque, physique ou pratique ne devait avoir de prise sur mon exercice de la pensée. Je réclamais une entière disponibilité d'esprit que *rien* ne devait entraver ; aucun chagrin de mes enfants auxquels je manquais, aucune expression d'agacement de la part de Mathias qui se lassait de mon mutisme, de mon enfermement, de mes absences toujours plus longues. Et pendant ce temps, je lisais l'amour exalté de Frédéric pour Mme Arnoux, je lisais la volonté de puissance des personnages de Giono, leur sens de la démesure, je lisais la passion de Bérénice, je lisais l'hymne au corps et à la sensualité de Montaigne, je lisais les gouffres de la misère humaine de Conrad, je lisais la soif de liberté de Figaro. Et bien sûr je lisais l'appel de l'ailleurs de Nicolas Bouvier.

Quoi de surprenant alors à ce qu'Ismaël ne me voie pas tandis que je passais devant lui, inconsistante comme jamais, ombre valétudinaire, blanche et effacée, de plus en plus maigre aussi à mesure que l'angoisse de l'échéance me gagnait, me volait le sommeil, disloquait mon visage, et creusait sous mes paupières des lunes de fatigue ? Quoi de plus normal finalement, qu'il ne me voie pas, quand je n'existais déjà plus qu'à peine, fantôme arpentant les bibliothèques, de plus en plus loin des vivants, ô combien douloureusement exilée du champ des vibrations de tout ce qui constitue l'humain, sa matière, sa chair, ses désirs, ses émois, alors même que je ne m'entretenais plus qu'avec des œuvres qui disaient cette matière, sa splendeur et sa misère, son aspiration à l'absolu et sa médiocrité qui est le fondement même de son être, cette contradiction essentielle, originelle, primitive ? Et comprenez-vous le déchirement qui était le mien ? Cette soif d'être et cette inadéquation toujours plus grande au monde qui m'entourait, au monde en dehors des livres, au monde de la *réalité* ? Saisissez-vous à quel point j'étais, en permanence, pendant ces deux années que durèrent ma préparation, tiraillée entre la force révélatrice des œuvres, leur puissance d'évocation, et un principe de réalité qui m'échappait de plus en plus, qui n'en finissait pas d'alimenter une frustration d'autant plus vide qu'elle était grande ?

Alors je passais devant Ismaël, mes talons claquaient dans le vaste espace d'étude sans qu'il levât les yeux, et tout ceci me paraissait dans l'ordre des choses, tout ceci me paraissait parfaitement normal. Cela relevait de l'évidence.

Pourtant un jour, il m'a vue.

Pourquoi m'a-t-il vue ce jour-là ? Car il avait fallu qu'il levât les yeux de ses livres au moment même où je passais et où mon propre regard pouvait être happé par le sien. Et que pensez-vous d'une coïncidence pareille ? Qu'absorbé par ses livres, par ses recherches, consacrant intensément, comme il savait si bien le faire, *toute* son attention à un objet au point d'abolir la réalité extérieure à ce qui l'occupait, créant par là même cet espace d'absolu dédié à son travail alors qu'il devait en permanence être sollicité par des collègues, des élèves, le personnel de la bibliothèque, tous ceux qui le croisaient et n'avaient pas peur de l'interrompre, sans respect pour la forme de continuité qu'impose la fréquentation d'un texte littéraire, son imprégnation et son exégèse ; que pensez-vous donc de ce qu'un instinct, un hasard, une poussière dans l'œil, l'ait amené, lui, absorbé entièrement par son travail, à lever les yeux dans ma direction et, miracle, qu'il m'ait reconnue ?

Il s'est levé, il m'a saluée, et aux livres que je portais sous le bras il a vu que je travaillais sur Nicolas Bouvier. Je lui ai fait part de mon émerveillement pour cet auteur, je lui ai livré mes trésors de découverte, comme ça, en chuchotant dans un couloir de la bibliothèque, parce qu'il pouvait comprendre, voyez-vous. Parce que j'étais si seule avec mes révélations littéraires que je ne pouvais partager ni avec mes amis, ni avec Mathias, pas même avec mes collègues du lycée qui s'étaient pourtant prises d'affection pour les lettres à un moment donné de leur vie au point d'en faire leur métier, mais qui semblaient avoir oublié depuis longtemps à quel point la littérature nous construit, nous initie et nous guide dans notre quête intérieure. J'étais si seule avec ces grands textes, voyez-vous, et qui pouvait comprendre la force de la métaphysique de Bouvier ? Cette idée, par exemple, de se *remplir* du monde, parce que fondamentalement nous sommes vides. Cette idée de s'effacer pour embrasser le monde, pour l'accueillir, et pour le restituer avec humilité et déférence par le langage ?

Comprenez-vous cet appétit de l'ailleurs ? L'avez-vous un jour connu ? À votre arrivée à Tachkent, peut-être. Ismaël, lui, comprenait, entendait, et c'était si réconfortant cette impression de pouvoir *partager*, comme si je n'étais pas totalement seule. Il m'a aussi parlé de son travail qui s'apparentait, selon toute vraisemblance, à cette même exploration intime et passionnée du paradoxe de l'existence, à une sorte de sens du questionnement. Il aimait chercher les réseaux de signification à l'œuvre dans les grands textes comme dans la vie, les portes dérobées, les passages secrets qui donnent accès aux révélations du mystère de l'être. Et dans l'intimité de cette conversation murmurée qui ressemblait presque déjà à une confidence, tant nous nous livrions des paroles dont la profondeur nous faisait vibrer, je lui ai parlé de ma peur, immense, d'échouer. Et tout ce qu'un possible échec, tellement possible qu'il se présentait à moi certains jours comme une évidence, charriait d'absurdité, à cause de tous les sacrifices auxquels je consentais, à cause de mes enfants, à cause de Mathias que j'emmenais dans cette course folle, et tout cela peut-être pour du vent. Dis-toi alors que tu ne peux que réussir, m'a-t-il simplement répondu. Tu n'as pas d'autre choix que de réussir et ça va marcher. Dis-toi qu'il ne peut en être autrement. Demande-lui, à Bouvier, de t'accompagner. Sens sa présence. Il t'aidera. Tu verras.

Voyez-vous à présent, à présent que j'ai obtenu ce concours, à présent que j'en paie les pots cassés, le délitement de ma relation avec Mathias n'ayant fait qu'accentuer le processus, à présent que je flotte dans les contours indistincts d'une vie qui m'est devenue étrangère, à laquelle je ne parviens pas à me réadapter, voyez-vous vraiment pourquoi l'Ouzbékistan plutôt que l'Ontario, le Costa Rica ou la Mandchourie ? Comprenez-vous le rôle de Nicolas Bouvier, et comme il m'est apparu logique, absolument nécessaire, soudain, à l'instant où j'ai reçu votre mail me proposant un entretien pour enseigner dans la seule école d'Asie centrale, au cœur même du parcours de Bouvier dans *L'Usage du monde*, que j'obtienne ce poste et que je m'éloigne, en même temps que de ces années de profonde solitude et d'angoisse qu'ont été la préparation du concours, du souvenir, toujours ravivé, toujours douloureux, d'Ismaël, si je tenais à sauver ce qui pouvait être sauvé de ma famille, de ma relation avec Mathias, et de mon équilibre personnel ? Comprenez-vous comme j'avais besoin de m'éloigner le plus possible de cet instant glacé, du regard froid et jugeant de Mathias, de sa mâchoire crispée contenant sa rage inouïe et sa détresse ; comme il fallait que je fuie, que je vole à tire-d'aile, loin, loin, le plus loin possible de cet après-midi où il m'a demandé depuis l'étage de ne pas monter, car à ce moment-là il était déjà clair pour nous deux que j'étais en faute et qu'il avait le droit de m'imposer mes faits et gestes, lui que j'avais trahi, il avait au moins ce foutu droit de m'imposer de monter ou de descendre, et s'il m'avait demandé de laper le sol de la cuisine probablement l'aurais-je fait, avec la même docilité effarée, avec la même stupeur consentante, tant il était clair, depuis le départ, même avant qu'il n'avoue avoir lu mon carnet, que j'étais coupable et qu'il était la victime.

Bien avant moi, il avait tout compris. Moi j'étais naïve, innocente. Moi je n'avais rien vu venir. Tout juste heureuse de croiser Ismaël de temps en temps, d'échanger quelques mots, et puis de partir. Toujours heureuse à cause de ce sentiment puissant que c'étaient des mots vrais, des mots de l'essence de l'âme, des mots qui soulevaient le voile du mystère humain. Et tout ce qui m'échappait me laissait entrevoir l'infini. C'était délicieux.

Un jour, à propos de rien, à propos d'un détail que j'ai déjà oublié, j'avais mentionné son nom à Mathias. « Mais, tu as vu ce type ? » Et moi de répondre oui, que je le voyais souvent. Toute pleine de candeur. Et étrangement, Mathias s'était rebiffé : « Comment ça, souvent ? C'est ton amant ou quoi ? » Stupéfaction d'entendre ces mots : ton amant. Il faut tout de même que je vous dise qu'habituellement Mathias n'était pas jaloux. C'était l'homme le moins jaloux de la terre. Je pouvais me faire draguer éhontément devant ses yeux sans que ça le fasse ciller et souvent sans même qu'il s'en aperçoive. Et cette fois, à propos d'une remarque si anodine que j'en ai oublié la teneur, il soupçonnait cet homme, cet inconnu, d'être mon amant… Bien sûr, tout cela était dit du ton badin de la galéjade, mais il n'est pas difficile de percer la fine couche d'inquiétude qui point derrière la frivolité, la question qui affleure et qui supplie une réponse rassurante, le doute qui réclame d'être dissipé, et depuis j'ai souvent pensé à cette réplique de Bartholo dans *Le Barbier de Séville* : « Quelle rage a-t-on d'apprendre ce qu'on craint toujours de savoir ! »

Dans les semaines qui ont suivi, Mathias avait continué à l'appeler mon « amant », comme une plaisanterie. As-tu vu ton amant aujourd'hui ? Tiens, j'ai aperçu ton amant qui déjeunait avec sa femme. Comment va ton amant ? Lors d'un dîner chez des amis, il m'avait fait rougir en le mentionnant ainsi publiquement. J'étais si mal à l'aise, je lui avais demandé d'arrêter.

Et pourtant, des mois après, quand Mathias avait lu mon carnet, tout s'était effondré. Il me disait : c'est le sol qui s'écroule sous mes pieds. Ce genre de choses, vous voyez. Je le décevais, à un point qu'il n'aurait pas pu imaginer. Non, il ne pouvait pas imaginer ça. Pas moi. Pas à lui. Pas *ça*. Et ça lui inspirait des envies de carnage, il ne savait pas ce qui le retenait d'aller le trouver, ce type, et de le démolir. Il ne comprenait pas comment j'avais pu, à ce point, le tromper, lui mentir, et il ne savait pas comment il pourrait à nouveau un jour me faire confiance.

Que croyez-vous que j'aie dit ? Je ne pouvais rien dire ; j'étais tétanisée. Et pas une seconde il ne m'est venu à l'esprit que c'était *mon carnet* que Mathias avait lu, et qu'il ne savait donc rien de la réalité ; il ne savait que ce que j'avais pu en dire, ou en faire. Il ne savait rien de ces immensités d'ombre qui constituent la majeure partie du réel, et qui tiennent pour une si grande part dans ce que j'avais vécu. Le réel est une forêt au taillis dense et anarchique. Pour y comprendre quelque chose, on se fraie souvent un chemin à la machette. Et on se raconte que c'est ça le réel. Alors que justement, c'est le contraire ; le réel, c'est tout le reste. Et j'ai simplement compris ce que Mathias comprenait, et je n'ai pas su lui faire voir qu'il existait un autre regard, une futaie d'arbres jeunes, une clairière naturelle un peu plus loin ; je n'ai même pas essayé d'endiguer cette violence déraisonnable, parce qu'elle me débordait tant, parce que j'étais impuissante, parce que je n'avais pas accès à ses représentations. Pourtant la vérité aurait sans doute apaisé sa folie, calmé sa souffrance. Pourquoi ne lui ai-je pas dit à ce moment-là qu'il se trompait sans doute ? En avais-je même conscience ? Tout ça était clair, et pourtant je n'aurais su dire précisément ce qu'il percevait. Et puis je n'avais probablement pas envie qu'il déflore un peu plus l'espace intime de mes pensées, quand bien même cela l'aurait rassuré, quand bien même cela lui aurait permis de comprendre un peu mieux, un peu plus. Mais peut-être pas.

Un de mes plaisirs minuscules, voyez-vous, c'est de conduire sur une route de forêt. Quand je rends visite à Tim dans sa maison familiale sur la presqu'île, je traverse la forêt de Terenez. J'aime ces longues routes planes, bordées d'arbres s'arquant en berceau au-dessus de ma tête, se rejoignant presque, comme si les branches cherchaient à s'embrasser en étirant leurs maigres bras ; et j'aime rouler ainsi, sous la frondaison, glisser sous la coupole des arbres, côtoyer le désordre, la vie sauvage, enchevêtrée, des végétaux et des bêtes ; avoir l'intuition d'une nature dense, abondante, somptueuse et cruelle, sûre de sa beauté, puissante et fragile, à travers laquelle je passe si facilement, sur la surface lustrée du goudron construite par les hommes avec une totale absence de sensibilité, avec toute la force brute dont ils sont capables, avec une ignorance grossière et profane de la vie frémissant dans la nervure délicate des feuilles et des herbes, détruisant sans doute des arbres centenaires sans aucun remords pour assurer leur passage envers et contre tout, à travers la nature qu'ils contiennent ainsi qu'un animal dangereux et imprévisible au-delà de l'accotement, veillant scrupuleusement à ce qu'elle ne déborde pas ; et tout ça pour une idée de développement, une idée de la communication, du transport des hommes et des marchandises, et des capitaux et de la civilisation, de sécurité maximale, et de tout ce qu'elle charrie de rationalité froide et austère, mais vous qui habitez Tachkent, je ne vais pas vous faire un dessin. La forêt nous échappe, recèle une vie autonome. Nous tentons de voir à travers la nappe de feuillage alors que c'est nous qui sommes observés. Nous croyons la traverser alors que c'est elle qui se referme sur nos pas insouciants. Nous n'atteignons pas ses mystères. Au moins devrions-nous avoir cette humilité-là. Et tandis que je file, légère, sur la route asphaltée, je reçois les trouées de lumière qui percent l'écran des branchages. Les taches blanches glissent sur moi, rapides, et mêlent l'ombre à la lumière en raies irisées, entrelaçant la caresse tiède du soleil et la fraîcheur végétale du sous-bois.

Quand j'ai écrit à Ismaël pour lui annoncer que j'avais obtenu le concours, il s'est réjoui avec moi, et c'est tout naturellement qu'il m'a proposé d'aller boire un verre pour fêter ça. Je me suis exclamée : avec plaisir ! Car tout ne pouvait que me faire plaisir à ce moment-là.

Et nous en sommes restés là. Je ne lui ai pas proposé de date ni de lieu de rendez-vous. Lui non plus. J'y ai à peine pensé. J'étais dans un tel état d'exaltation ; ma réussite m'ouvrait, me semblait-il, les portes d'une nouvelle vie, et j'étais tout occupée à l'imaginer. Il y avait dans cette euphorie une grande part de fierté bien sûr, un sentiment de triomphe, mais rien de l'arrogance qui naît du succès. Je ne savais que trop ce que cette joie nous avait coûté, à tous, et j'avais rapidement pris conscience que nous n'en étions pas quittes : je n'avais pas fini de payer le tribut de cette victoire.

Peu de temps après les résultats, Mathias m'a emmenée en Andalousie. Nous avons déposé les enfants chez les grands-parents et avons embarqué dans un avion *low cost* pour Grenade. C'était une parenthèse qui se promettait d'être une longue suite de plaisirs, un moment de retrouvailles amoureuses après une épreuve qui nous avait tenus éloignés l'un de l'autre. Et pourtant c'était triste à désespérer. Nous étions tous deux accablés d'une fatigue étrange, que nous peinions à dissimuler. La ville, les visites, me semblaient sans intérêt, et plus que jamais j'avais l'impression que nous ne parvenions plus à nous comprendre, comme si chaque conversation, aussi anodine fût-elle, était toujours susceptible de réveiller une vieille rancœur, une frustration larvée, un agacement qui affleurait en permanence entre nous, ce qui me donnait une perpétuelle envie de pleurer. Bizarrement, les enfants me manquaient. Je comptais les jours avant de les retrouver.

Nous étions un de ces couples assis à la terrasse ombragée d'un café de petit village cossu, entourée de murs blanchis à la chaux contre lesquels s'étendaient les ramures d'un bougainvillier, ses fleurs semblables à de petites coques de papier rose frémissant dans l'air tranquille de la fin d'après-midi ; un de ces couples dans un cadre idyllique qui semble appesanti d'un silence lourd et morne, d'un ennui leur collant à la peau comme une chemise moite de transpiration. Nous étions un de ces couples qui donne malgré lui le spectacle de son désamour subi, contre lequel il ne cherche même plus à lutter, à se débattre, et qui, à force d'être enduré, finit par se couler, comme le reste, dans la douce tiédeur des habitudes.

Je comprenais que nous n'étions pas tirés d'affaire. Que tout ne s'arrangerait pas avec la réussite. Bien sûr, ça aurait pu être pire. Déjà j'aurais pu échouer. Et qui sait alors sur qui mon sentiment d'injustice se serait reporté ? Et puis Mathias y mettait du sien pour faire en sorte que notre séjour se passe au mieux. Il prenait sur lui comme il sait si bien le faire, se pliait en quatre pour accéder à mes volontés qui, dans l'état d'égarement où je me trouvais, sans prise ni appui dans cet environnement inconnu auprès d'un homme prêt à tout pour donner une apparence à notre couple, ressemblaient davantage aux caprices arbitraires, à la simple fantaisie ou à l'indifférence distraite et vaguement coupable d'une bourgeoise de haute lignée accédant à toutes les délicatesses et à toutes les beautés du monde avant même d'avoir pu penser à les désirer.

Nous errions beaucoup, dans des chemins à touristes ; et mon regard s'accrochait davantage à la diversité de la matière humaine qui nous entourait qu'aux splendeurs des paysages et des monuments, lesquelles étaient en permanence parasitées par un défilé de la bigarrure anthropomorphe dans tout ce qu'elle a de plus étonnant, de plus beau, mais aussi de plus difforme, et de plus monstrueux. J'étais fascinée par la variété des visages et des corps, je ne me lassais pas de les observer et d'en étudier les particularités, jusqu'au dégoût. Je revois surtout cette abondance de chair nue offerte au soleil, la laideur généralisée d'une humanité sans harmonie, sans égard pour elle-même, sans conscience d'être au monde, une humanité parfaitement grégaire et consommatrice, et en même temps d'un narcissisme sans vergogne, tournant systématiquement le dos à ce qu'elle prétend admirer pour mieux se mirer dans le reflet de son téléphone portable, pour mieux se fabriquer une histoire de sa vie que l'on commentera sans fin, se contemplant avant tout *soi-même* dans sa mise en scène, avec un décor changeant. Mathias me demandait tout le temps ce que je regardais ; il me trouvait distraite. Et il est vrai que je n'accédais pas moi-même à la beauté du Generalife, à la majesté de l'Alhambra ; tous ces miroirs grossiers de touristes faisant écran, comme un rempart entre moi et le monde. Vivement que l'on rentre à Brest, pensais-je, et vivement la fin de cette mascarade, le monde transformé en un gigantesque parc d'attractions, des villages, des villes, des pays entiers qui se consomment comme des divertissements de fête foraine, et ne vous en faites pas : ça arrivera chez vous aussi ; le touriste occidental a toujours faim de découverte, d'expériences faussement inédites, de nouveautés en papier mâché ; le touriste est avide de ce qui est préparé pour lui sans en avoir l'air, aussi cherche-t-il toujours le goût de l'authentique, ce qui semble vrai à côté du toc, du faux, de la contremarque. Il ne comprend pas que l'authentique n'existe pas. Ou plutôt, il comprend que ça n'a pas vraiment d'importance. Ce qui importe, c'est ce qui *fait* vrai ; qu'on puisse y croire en nous racontant une belle histoire. La plupart sont dupes, je vous l'accorde, mais c'est aussi pour ça que ça marche. Et c'est déjà chez vous, n'est-ce pas ? Comme les touristes russes affectionnent la clémence du climat ouzbek, comme les Européens de l'Ouest sont de plus en plus attirés par cet Orient au carrefour des cultures, nettement moins défloré, nettement plus mystérieux que les territoires du Maghreb qui sont de nos jours tellement visités qu'on ne peut plus imaginer sortir des ornières creusées par les cars de vacanciers en maraude.

Ça me fait penser d'ailleurs, que l'autre jour au marché (c'était avant de recevoir votre mail), je me suis arrêtée avec ma fille au petit camion arborant l'enseigne « La route de la soie » juste à côté du charcutier. Probablement suis-je passée de nombreuses fois devant sans même remarquer qu'un marchand proposait des « spécialités ouzbèkes », vendant ainsi à peu de frais un sentiment d'exotisme par la seule excitation de nos papilles. À y regarder de plus près, un seul des plats proposés affichait un lien avec l'Ouzbékistan, et c'est la raison pour laquelle mon choix s'est porté sur des chaussons à la viande et aux « épices ouzbèkes ». Viande de bœuf ? ai-je demandé. Non, de mouton. Ah oui, évidemment, le mouton. Nous sommes rentrées chez nous avec deux barquettes en polystyrène et la vague impression d'avoir payé au prix fort un parfum d'aventure au goût frelaté. Ma fille trépignait d'enthousiasme à l'idée de goûter les chaussons ouzbeks, et c'était déjà ça, car l'idée de partir, de laisser sa chambre, ses jeux, sa maison, ses amis, son école, ne la réjouit pas franchement, et c'est bien normal. Ma fille, donc, a dévoré son chausson à la viande et l'a trouvé délicieux. Mathias et moi avons mordu dans la pâte et avons échangé un regard circonspect. La viande était très grasse, et le goût du mouton vraiment prononcé n'était en rien masqué par le mélange indéterminé d'épices, une curieuse association assez fade, sans piquant, laissant en bouche un indéfinissable goût de poussière. Aucune subtilité dans cette préparation rustique, aucune finesse. Nous n'allons pas en Ouzbékistan pour la gastronomie en avons-nous conclu. Mais n'allez pas imaginer néanmoins que j'arrête mon jugement à cette seule expérience peu convaincante ; on peut trop aisément être abusé par ce qui se prétend un pur produit de l'ailleurs. En ce qui concerne la camionnette du marché, aucun souci à se faire pour des vendeurs peu scrupuleux : en connaissent-ils beaucoup, des Brestois qui s'expatrient à Tachkent ?

Ce que j'essaie de comprendre, en vous racontant tout ça, c'est pourquoi je n'ai pas donné suite à l'invitation d'Ismaël. Pourquoi je n'ai pas persévéré, pourquoi j'ai laissé passer les semaines et les mois sans chercher à le revoir. Il ne l'a pas fait non plus, me direz-vous, mais il a sûrement ses propres raisons, que je ne connaîtrai jamais, et je cherche déjà à comprendre les miennes. Il y avait sans doute beaucoup de légèreté dans mon attitude, une sorte de relativisme ingénu, car si j'appréciais nos rencontres et si j'étais flattée que cet homme important, si affairé, me propose une conversation badine sur nos passions communes, je ne mettais cependant rien d'autre dans notre relation ; aucune projection, aucune évolution vers une amitié future, aucun enjeu. Et je voyais ce verre pris ensemble comme un bon moment à passer, sans que je le souhaite ardemment. Et c'est peut-être la raison pour laquelle je laissai le temps passer sans répondre, oubliant un peu cette proposition, prise moi-même par tant d'autres occupations, à présent que la vie libérée de l'astreinte de l'étude s'ouvrait à moi ; reprenant peu à peu plaisir à fréquenter mes amis, à sortir, à boire et à danser sans me soucier du lendemain, alors même que mon inquiétude grandissait quant à l'évolution de ma relation avec Mathias. Je me disais, pour me rassurer, qu'il fallait un temps d'ajustement, mais à vrai dire les jours passaient, et je voyais bien que rien n'allait mieux, et je peinais de plus en plus à me laisser convaincre par ces pauvres arguments.

Je réfléchis encore, et entrant plus profondément au cœur des mouvements qui m'habitaient alors, courants parfois contraires qui se superposaient néanmoins, je me dis que c'est peut-être tout autre chose. Aurais-je soigneusement oublié de répondre à Ismaël justement parce que je soupçonnais que ce verre pris avec cet homme si occupé, si affairé, ne serait pas sans conséquence ? Aurais-je senti à quel point tout cela était dangereux ? Aurais-je perçu qu'il n'y avait là rien d'anodin, et bien sûr rien de léger ; ou plutôt que la légèreté était de mise pour nier que, dans le fond, nous n'allions pas simplement passer un moment de pur partage intellectuel ? Et sans savoir ce qu'il pouvait advenir, je pressentais sans doute que j'étais déjà coupable de quelque chose, que j'étais déjà dans le déni, dans le mensonge, en prétendant me rendre tout naturellement boire un verre avec un collègue. Je trouvais cette situation compliquée, et il faut croire qu'à ce moment-là je n'étais pas prête à l'affronter. Je ne savais pas de quelle façon je pouvais me positionner face à cet homme, dont rien ne permettait de démentir l'intégrité, si ce n'était son élégance, sa nonchalance étudiée, et quelque chose dans son regard qui me troublait peut-être, parce qu'il me faisait comprendre que je lui plaisais, encore qu'il ne montrât rien, qu'il ne laissât rien paraître de ce qu'il pensait de moi, et que tout ce que j'y voyais de *compliqué* était probablement pour lui très simple, dénué de toute ambiguïté, enfin n'étais-je pas la seule à ne pas être claire avec mes désirs ? Ne suis-je pas la seule, dites-moi, à me laisser surprendre par un regard saisi à la dérobée, un regard qui troue l'espace du sensible pour toucher quelque chose de plus profond, de plus trouble aussi, ce cœur de notre humanité qu'est la vibration du désir, ce moteur de toute entreprise humaine, la matière de la vie même, sa vigueur, sa pulsation, son sang ? Vous me direz que vous ne voyez pas ce dont je veux parler, et je vous crois volontiers : vous êtes une femme pondérée, et il vous déplaît d'imaginer une force mue par un principe supérieur qui régirait une partie de votre existence. L'idée vous dégoûte même un peu, tant votre besoin de contrôle est grand (c'est tellement évident : à voir l'ordre suspect qu'il y avait sur votre bureau). Penser à cela n'a rien de rassurant, mais demandez-vous tout de même ce que vaut une vie timorée à l'ombre de ses aspirations profondes. Que vaut une vie soumise à la peur, au visage affligeant de cette pauvresse qu'est la peur ?

Vous me trouvez compliquée ? Vous vous demandez pourquoi je suis allée me mettre dans un tel pétrin, et vous vous dites peut-être même que je l'ai bien cherché. Il se peut que vous ayez raison. Dans le fond, j'envie votre simplicité. Cette vie économe, sans vagues, sans heurts, sans cris ni tables renversées. Les amis que vous recevez en couples, les photos des enfants envoyées à la famille, vos sages occupations de femme respectable, et jusqu'à vos petites excentricités (un goût prononcé pour les films d'horreur ? les romans de Barbara Cartland ? les chansons rock de Céline Dion ? la boxe thaï ? la flammekueche ?) Tout cela reste bien innocent. Tout juste bon à réveiller un dîner en famille où la conversation s'amollit doucement. Sortir de cette langueur proustienne par une petite blague sur vos passions honteuses (ou feraient-elles votre fierté au contraire?) Oui, je vous envie un peu, quand j'y pense. Mais aussitôt je me demande : comment pouvez-vous vous en satisfaire ? Je veux dire ; j'ai moi aussi une vie minuscule, des choses qui m'animent et qui paraissent dérisoires, vues de l'extérieur. Mais comment se cantonner à une vie sage, rangée, ses idéaux de jeunesse soigneusement pliés et relégués au placard avec une bonne dose de naphtaline ? Comment abandonner cette part de soi qui est la vie même, sa matrice, son élan premier, et qui nous pousse à aller au-delà, toujours ? Je vous ai vue et je ne sais pourquoi, je ne parviens pas à penser que vous ne l'ayez pas un jour approché, ce goût de l'absolu. Ce n'est pas un cadeau. Aragon en parle merveilleusement, l'avez-vous lu ? Dans *Aurélien*, il dissèque le sentiment amoureux avec une précision chirurgicale. Aurélien est obsédé par le souvenir de Bérénice, femme qu'il n'a trouvée ni belle ni séduisante lors de leur rencontre. Tout, entre eux, n'est que malentendu, incompréhension, inconstance. Et pourtant ils s'aiment, et qui aurait l'idée de prétendre le contraire ?

Relisant quelques pages pour vous, je suis troublée. Car sans doute, suis-je, comme Bérénice « cette petite fille qui s'amuse d'un rien, cette femme qui ne se contente de rien ». Et peut-être étais-je avant tout autre chose bouleversée par le reflet de ma propre démesure dans les yeux d'Ismaël. Car il y avait quelque chose qui m'interpellait chaque fois, le pressentiment d'une proximité profonde, d'un espace de partage dans ce qui nous animait comme dans ce qui nous faisait souffrir, les deux faces d'une même médaille que sont l'aspiration à l'intensité et son corollaire : l'insatisfaction essentielle et permanente. Et en ce sens Ismaël était un miroir, une forme de moi-même plus accomplie, plus expérimentée, et de là ma fascination, vous voyez.

Pourtant il serait faux de dire que je lui vouais une admiration sans bornes. Il y avait bien une zone de résistance, un intervalle irréductible. Je n'ai pas été séduite immédiatement, ce n'est pas si simple. Et il y avait aussi très certainement une forme d'indifférence dans mon absence de réponse. Quand nous nous croisions, à la bibliothèque, il me parlait de son travail, de ses recherches, et tout cela m'échappait un peu. Il explorait des domaines qui m'étaient entièrement inconnus : ceux de l'Orient, de la poésie arabe contemporaine, et tout cela était trop vaste pour moi, trop éloigné de ma culture classique pour que je puisse me raccrocher à quelque chose ; à part peut-être à la poésie de Mahmoud Darwich, que nous admirions tous deux. Mais pour le reste, il me manquait un point d'ancrage, et bien souvent je l'écoutais parler sans pouvoir véritablement émettre un avis, ou rapporter ses propos à une forme de connaissance, et cela me donnait la déplaisante sensation d'assister à un cours. Loin de m'initier, il me noyait dans ses références absconses, et révélait en creux l'étendue sans fin de mon ignorance, ce qui n'était pas tout à fait agréable. Il parlait des sollicitations dont il était l'objet, de ses amitiés illustres, des travaux prestigieux qu'il menait avec une certaine suffisance dont je n'étais pas dupe. Je ne connaissais aucun des auteurs dont il me parlait, je n'avais rien à en dire, mais je voyais clair dans la fierté qu'il tirait à être le dépositaire de leur œuvre, à être invité pour un colloque à Chicago ou pour une conférence à Madrid. Je percevais cette vanité, mais étrangement je n'en étais nullement agacée, je n'en étais pas même rebutée ; oui d'une façon inexplicable j'en étais *attendrie*. Cela me laissait entrevoir son désir de m'impressionner, et allez savoir pourquoi, ce déballage de virilité de pacotille qu'affectionnent tant les hommes devant les femmes, cette image de puissance qu'ils cherchent à se donner en roulant des mécaniques m'émeut. J'y vois l'effort de masquer leur vulnérabilité, la précarité du doute qui les habite, et je trouve ça profondément touchant, élégant même. Ce n'est qu'une mascarade, un rôle qu'ils se donnent du mal à jouer, mais j'aime leur faire croire que je n'y vois que du feu, j'accueille leurs simagrées avec l'indulgence du pouvoir qu'ils m'offrent ainsi. Rien de mesquin dans ce jeu-là. Après tout, il y a de la noblesse à vouloir se montrer tel que l'on n'est pas, juste pour donner une image de soi qui coïncide avec ses aspirations. Nos rêves sont toujours plus grands que nous, n'est-ce pas ? Il y a de la beauté dans le processus d'élaboration d'une image qui cherche l'accord avec son idéal. Encore plus quand la séduction entre en jeu.

En ce qui concerne Ismaël, je ne discernais pas clairement sa volonté de me séduire, cela n'avait rien d'évident. Il semblait si occupé par lui-même, voyez-vous, si comblé par cette image de lui, par le succès, réel, qu'il rencontrait, que je pensais par moment n'être qu'un faire-valoir. Et puis il faut que je vous parle de sa pudeur, cette grande pudeur qui rendait son regard lointain, fuyant chaque fois que j'essayais de le croiser. Il me parlait si peu de lui finalement, préférait se réfugier derrière ses auteurs, ses articles, le sentiment des autres, la sensibilité des autres. Sur lui, il restait évasif. Évoquait parfois sa femme, ses enfants, et il semblait d'ailleurs avoir une vie très conventionnelle, très *normale*, comme s'il revendiquait cette normalité, cette vie réglée par les horaires d'école et les activités des enfants, par les dîners où le couple recevait d'autres couples, toujours des gens exceptionnels, mais parfaitement rangés, parfaitement *rassurants* dans leur mode de vie, et cela, pour tout vous dire, ne m'excitait pas du tout, mais alors absolument pas, tant il est vrai que j'ai sans doute moi-même un problème avec la famille, avec ce qu'elle porte en elle de mensonge, avec toute la haine qu'elle enfouit, avec tous ses ratages, avec tous ses échecs et je sais bien ce que vous pensez : vous vous dites que je la réprouve et pourtant j'ai moi-même fondé une famille ; je vis, du moins en apparence, selon cette structure sociale normée qu'est la famille : deux parents de sexe différent, et quelques enfants, ni trop ni trop peu, c'est-à-dire entre deux et trois, ce qui laisse une marge de liberté assez étroite vous en conviendrez. Oui, je corresponds à ce modèle, *en apparence* du moins, et puis-je vous répondre par une pirouette, en vous rappelant que nous sommes tous pleins de contradictions ? Je pourrais vous parler de ma faiblesse personnelle, de mon besoin d'assise, d'*ancrage*, de mon besoin de *cadre* pour me contenir et me conduire, mais ce serait réduire la part occupée par Mathias et par mes enfants qui est en vérité infiniment plus que cela. Comme dans beaucoup d'autres occasions au cours de ma vie, j'ai été prise de court par ce que je pensais maîtriser, et qui m'a débordée, à commencer par l'amour que je porte à mes enfants. Me croirez-vous si je vous disais qu'avant de rencontrer Mathias je n'imaginais pas un seul instant en avoir ? Les enfants, globalement, ne m'intéressaient pas. Ils constituaient avant tout une contrainte, une entrave à l'accomplissement personnel. Bien sûr, je savais que la question se poserait. Nous sommes des femmes, et chaque femme porte cette question en elle, chaque femme se retrouve un jour face à ce choix, ce dilemme d'autant plus prégnant que la fenêtre pour devenir mère est toute petite, toute petite vous savez. Je veux dire : chaque femme a cette question au creux de son ventre, hors de tout discours social, hors de tout acte militant, hors de toute volonté, hors de ce qui a trait au champ des possibles. Nous devons composer avec cette question, autour de cette question, même si nous refusons de la regarder en face, même si nous la faisons taire ; elle persiste.

Je n'ai pas eu de désir d'enfant ; j'ai eu un désir de grossesse. C'est très différent. Et quand je me suis retrouvée enceinte (très rapidement, à peine avais-je eu le temps d'en formuler le souhait), je savais que l'enfant allait venir sans que je me projette en tant que mère. Lorsque cette perspective m'était imposée (vous savez comment c'est : il faut faire un dossier d'inscription en crèche bien avant la naissance, et puis on vous fait croire que vous devez acheter une quantité de matériel de puériculture, le lit, la poussette, le landau, le transat et j'en passe), je m'imaginais en mère droite et sévère, aimante, mais détachée, cherchant à préserver son espace d'indépendance et continuant, tant bien que mal, à vivre « comme avant ». Depuis, j'en ai vu, des futures mères avec les mêmes idées préconçues, j'en ai même vu plusieurs s'y essayer. Cela me fait doucement sourire. Comme si on pouvait continuer comme avant, comme si rien ne s'était passé, alors que la naissance d'un enfant est toujours un *cataclysme aux conséquences imprévisibles*. D'aucuns le minimisent. Font croire que tout est pareil, et que tout ça est simple, qu'ils assurent. Qu'ils tiennent une ligne de conduite. Moi j'ai rapidement compris que ça ne serait pas possible. Car je me suis *découverte* mère, et mère aux antipodes de ce que j'avais pu imaginer. J'ai aimé mes enfants avec la passion de l'absolu, avec une force impensable et insoupçonnée. Je me suis donnée à travers mon amour de mère, dissoute avec bonheur dans le bouleversement d'un flux qui me donnait un sentiment d'abondance, de plénitude, et j'ai cru un instant être comblée. Mes enfants m'ont faite telle que je suis aujourd'hui, même si, les années passant, et probablement me détachant d'eux à mesure qu'ils se détachaient de moi, j'ai eu besoin d'ailleurs, d'autre chose, et c'est aussi à ce moment-là qu'est né le projet de l'agrégation. Je ne vous dis pas que je me suis détournée de mes enfants, que je m'en suis désintéressée. Je les aime toujours intensément, et dois encore composer avec le dilemme de mes désirs contraires : le besoin de les voir et celui de m'épanouir en dehors d'eux. Je ne les ai pas délaissés ; j'ai plutôt ouvert mon champ de vision, et vu au-delà d'eux.

Je ne veux pas leur faire porter la seule responsabilité de ma raison d'être, voilà tout. Je veux exister *aussi* en dehors d'eux. Me rappeler qui je suis, moi.

Ismaël faisait croire, avec une certaine dose de mauvaise foi, que ses enfants, sa famille, passaient toujours en premier, et qu'il se restreignait dans son travail pour être disponible pour eux. Je crois en vérité qu'il avait conscience de les délaisser, de leur préférer la compagnie des livres, de ses auteurs, de ses colloques, et tout le clinquant des vanités. Sa culpabilité se rassurait à bon compte quand il passait un samedi après-midi dans les gradins d'un stade de foot à encourager les minimes. Dans le fond, cet homme était pétri de défauts, de contradictions, d'excès, et probablement était-ce cela qui me plaisait ou m'amusait ; un peu les deux sans doute. Et aussi, très certainement, est-ce à cause de cela que je ne me suis doutée de rien, que je ne me suis pas méfiée, croyant garder vis-à-vis de lui une distance critique qui me prémunissait contre l'égarement du désir.

L'été a passé, les mois ont passé sans que je réponde à son message, et de toute façon il était trop tard à présent. J'ai repris mon poste au lycée à la rentrée, comme si de rien n'était, comme si je ne venais pas de passer deux années à me battre avec mes démons. J'avais passé deux ans en compagnie d'auteurs illustres, à percer leur pensée, à en saisir la subtilité, les nuances, à analyser avec précision l'effet d'un mot, d'une virgule, d'un silence ; et je me retrouvais face à des élèves obtus et mal dégrossis, avec des jugements étroits, ne raisonnant pas plus loin que le bout de leur Smartphone. Rien à voir avec les élèves de chez vous, je n'en doute pas. Des élèves ouzbeks pour la majorité, m'avez-vous dit, sept par classe et par niveau en moyenne, que leurs parents, assurément riches, ont choisi de scolariser à l'école française, projetant sans doute des études à l'étranger pour leurs enfants. Comment penser autrement quand on est ouzbek et éduqué ? Comment ne pas voir que la vie est ailleurs et la prospérité là-bas quelque part au loin dans cette vieille Europe coloniale ? Ces élèves-là savent où ils vont, ce qu'ils veulent et ce qu'il faut pour l'obtenir. J'exagère aussi, vous avez raison ; certains de mes élèves sauvent la mise. Peu nombreux en vérité, six ou sept sur une classe de trente-deux à sembler être de véritables esprits en construction, curieux, avides, en recherche d'eux-mêmes ; et n'en déplaise à toutes les bien-pensances de l'égalité des chances, c'est pour ceux-là qu'il est possible de travailler.

Nous étudiions *Bérénice* de Racine, et je voulais leur faire lire que ce que Roland Barthes en avait écrit. C'est par Roland Barthes que j'ai eu accès à la puissance de Racine qui m'apparaissait auparavant comme le parangon des auteurs lénifiants et formatés, d'une désespérante convenance, trop lisse, sans surprise. C'est que je n'avais eu accès qu'à la *surface* de sa poésie, qu'à son vernis ; je n'avais pas perçu la profondeur de ses vers, le dilemme permanent qu'ils contiennent, la tension entre la démesure des passions, les abîmes indicibles des sentiments, et l'étroitesse de la langue bridée par l'alexandrin. Roland Barthes note chez Racine une contradiction entre l'éthique et l'esthétique : le Bien, qu'il valorise, est toujours chez lui une abstraction mêlée de conformisme ; ses personnages apparemment positifs sont toujours des personnages ennuyeux, des sortes de « grands masques vides ». Alors que le Mal, qu'il condamne, est vivant, riche de nuances, de tentations, de regrets.

Je voulais retrouver les mots de Barthes pour les faire lire à mes élèves, car ils me paraissent être la porte d'accès à Racine, et je me suis rendue, après des mois d'absence, à la bibliothèque universitaire. Il serait faux de vous dire que, ce faisant, je n'ai pas pensé à la possibilité de croiser Ismaël. J'y pensais, bien sûr, et je me suis même rendu compte que j'espérais.

Il était là, à l'identique, comme s'il n'avait pas bougé. Dissimulé sous sa muraille de gros ouvrages, absorbé par son étude, retranché derrière le double rempart de l'écran de son ordinateur et de ses petites lunettes. Il a légèrement sursauté en levant les yeux vers moi, et alors j'ai vu qu'il ne *paraissait* plus. J'ai clairement perçu son trouble, sa confusion. Il a bredouillé quelques mots. Il a dit : ça fait longtemps. Comme s'il avait compté les jours depuis notre dernière rencontre, comme si ce temps-là avait été long d'attente et de déception, et que sa mesure s'en était comme douloureusement inscrite en lui, dilatant l'espace des jours. Il a dit : ça fait longtemps, et j'ai entendu : tu m'as manqué.

Nous avons échangé quelques mots, banals, car que sait-on faire d'autre quand la vie nous prend au dépourvu ? Et puis j'ai filé, parce que j'étais moi-même tenue par l'heure de la sortie d'école et que je ne pouvais pas m'attarder.

Je n'ai pas immédiatement compris que cette très brève rencontre m'avait touchée au cœur, et je n'ai pas su pourquoi, dans les jours qui ont suivi, je ne cessais de repenser à ce moment, à cette rencontre qui n'était pas vraiment fortuite et à ces mots qu'il avait dits : ça fait longtemps. Je ne comprenais pas ce qui m'ébranlait tant, je ne voyais pas que je l'avais surpris et qu'il avait baissé sa garde, se dévoilant plus qu'il ne voulait sans doute le montrer. Je ne me rendais pas compte que je l'avais vu cette fois-là sans calcul, sans masque, sans image composée par ses soins. Je l'avais découvert, sous un visage de sincérité, d'une vulnérabilité bouleversante. Et ce visage était en train de me trouer le cœur, sans que je le perçoive très nettement, sans que je m'en rende véritablement compte et surtout sans que je l'admette, car je tenais à ma maîtrise, je tenais à mon piédestal d'observatrice, et je pressentais aussi peut-être combien tout ce qui se profilait était dangereux et séduisant en même temps, combien je risquais de perdre au jeu et combien le jeu me tentait.

Durant les jours qui suivirent, je me surpris à avoir des moments d'absence. Les mains plongées dans l'eau tiède de la vaisselle, ces mots me revenaient : ça fait longtemps. Regardant sans intention par la fenêtre de mon bureau le vent mauvais de l'automne, la pluie sur l'herbe du jardin, au lieu de corriger mes copies; surveillant du coin de l'œil les enfants qui jouaient dans les vagues et s'éclaboussaient avec des cris de joie, assise sur la plage, les jambes repliées et enserrées dans mes bras, comme si je cherchais à me *rassembler;* attendant devant le portail de l'école parmi les autres mères de famille; observant au loin par-dessus la tête de mes élèves absorbés dans la lecture de la scène d'exposition, la rade, sa surface lisse et plane, les grues du port de commerce, les couleurs grises et bleutées. Mes pensées, vagabondes, revenaient toujours à ce point fixe et insoluble, à cette entrevue tellement anodine, ces quelques minutes où, sans que je parvienne à le formuler, tant de choses avaient eu lieu.

Il y avait là une pierre d'achoppement, une question que je ne parvenais plus à balayer d'un revers de main aussi facilement que ce message laissé sans réponse quelques mois plus tôt. Les héroïnes de Racine ne sont-elles pas d'autant plus nobles qu'elles sont le jouet lucide de leurs passions? Qu'elles se montrent fortes ou fragiles, qu'elles acceptent ou exècrent leur impuissance face à ce qui les dépasse, elles ont toujours cette sagesse paradoxale: celle de reconnaître leur incapacité à lutter contre des dieux tout-puissants, et elles ont la folie d'accepter d'être renversées, ravagées, détruites par cette force qui les porte au-delà d'elles-mêmes. Et à ce titre n'est-il pas troublant de voir que Racine est toujours plus attiré par ce qui plie que par ce qui résiste dans l'âme humaine, par la faiblesse plutôt que par le triomphe de la volonté?

J'ai lutté contre des pensées muettes et folles. J'ai refusé d'écouter ce que mon intuition me criait ; et j'ai cherché à raisonner, à m'en tenir à des faits. Rien ne se justifiait. Tout était affligeant de banalité. Tout, entre nous, avait toujours été lisse, poli, licite, mesuré. Rien de véritablement ambigu, rien d'objectivement équivoque, à y regarder de près. Je ne trouvais *rien* pour alimenter l'hypothèse d'une intention sous-jacente, rien de tangible, rien de probant, et je ne savais pas dire si cela me rassurait ou me désolait.

J'ai fait preuve de pragmatisme : il fallait agir pour que ces images cessent de me poursuivre, de me *hanter*, d'accaparer mon esprit, de le distraire. J'ai fait preuve de mauvaise foi : quel problème y avait-il à aller simplement boire un verre avec un collègue ? Après tout, nous nous entendions bien, nous nous estimions, et puis il est si rare de rencontrer des personnes avec lesquelles on partage un morceau du ciel, et homme ou femme qu'y a-t-il de mal à cela ? Où est le problème ? Et entre nous : où est le problème ? Je veux dire : où est le mal ? N'en auriez-vous pas fait autant ? Avec toute l'insincérité dont nous sommes capables, avec l'aveuglement volontaire qui est la base même du principe de vie ? Ne niez pas, je vois bien que vous faites semblant de ne pas comprendre. Si nous avancions dans une permanente lucidité, les yeux grands ouverts sur toutes les horreurs du monde, la vie serait impossible. Toute forme d'art serait indécente. C'est Adorno qui le dit : après Auschwitz, écrire un poème est un blasphème. Et pourtant nous en écrivons, nous en lisons, et même nous chantons et nous dansons. Et vous savez, cela est absolument *nécessaire*. Sans quoi la vie c'est une forme à peine raffinée de la mort. Alors pour me débarrasser de pensées entêtantes, pour me sauver d'une obsession qui me rongeait le ventre, je lui ai écrit un message lui proposant un rendez-vous.

J'ai hésité, j'ai tergiversé et, comme on se jette dans le vide, comme on plonge dans une eau glacée par la seule force de sa volonté, je l'ai envoyé.

J'ai regretté aussitôt.

N'étais-je pas en train de me jeter à sa tête, n'étais-je pas trop visible, trop claire d'une intention qui n'était pas claire pour moi, justement ? Non, ce n'était pas clair du tout. Me croyez-vous ? J'ai attendu qu'il me réponde. J'ai attendu, et je vous ai déjà raconté je crois comme je suis peu douée pour l'attente ? Comme elle peut se transformer, dès lors que je n'ai plus d'emprise sur les choses, en pure angoisse ? Parce que je ne sais pas la dompter, l'apprivoiser, parce que je ne sais pas faire avec, l'attente me dépossède. Bien sûr, je n'ai pas attendu aussi longtemps que j'ai guetté votre réponse. Mais ces quelques heures, c'était *beaucoup*, vous comprenez ? Je lui ai envoyé le message vers cinq heures de l'après-midi et toute la soirée j'étais en réunion au lycée sans pouvoir regarder mon téléphone. J'ai écouté l'inspecteur nous présenter la nouvelle réforme sans en comprendre un traître mot. Ou plutôt, il y avait la réforme, son absurdité, sa complexité, il y avait le discours que l'inspecteur se sentait obligé de tenir sur sa nécessité, sur la fluidité de sa mise en place, sur ce qu'elle permettait d'évolution dans nos pratiques, d'adaptation aux profils des élèves, et comment on pouvait toujours faire mieux avec moins ; et puis il y avait l'obsession du message que j'avais envoyé quelques heures plus tôt, le regret que j'avais de l'avoir envoyé, et la peur qu'il en rie, qu'il s'en moque, qu'il ne m'adresse en retour qu'une indifférence attendrie, qu'une condescendance vaguement amusée, se gaussant de mes doutes, de ma confusion patente, traitant avec une légèreté désinvolte ce que je venais, gravement, déposer à ses pieds. Enfin ce message me fragilisait, et à ce moment-là je revoyais le visage de sa femme, son regard mélancolique, un peu lointain, ses cheveux coupés à la garçonne dégageant son cou. Et j'imaginais Ismaël lui montrer ce message, vaguement ennuyé, un rictus de dédain sur les lèvres, et lui dire : quand pourrais-je m'absenter du domicile conjugal pour passer un moment avec cette jeune femme ? L'idée me traversa l'esprit à ce moment-là (et uniquement à ce moment-là !) qu'il était peut-être déjà étrange qu'un homme marié entretienne une relation d'amitié avec une femme (non mariée, mais c'est tout comme), et qu'il aurait été, disons protocolaire, que je suggère au moins que nous nous voyions avec nos compagnons respectifs. C'était trop tard ; le message était envoyé. Il me fallait attendre, et le silence lui-même n'était-il pas déjà une réponse en creux, indiquant combien il mettait mon message au rang des préoccupations secondaires ?

La réunion s'est éternisée, et, dès que j'ai pu, j'ai filé, salué rapidement mes collègues, et dévalé les marches du perron pour récupérer mon vélo. J'ai sorti mon téléphone : il y avait deux messages. Je les ai lus en tremblant.

Le premier disait combien ma proposition lui plaisait, mais qu'il serait en grande partie absent les prochaines semaines, s'étant engagé dans une intervention pour un colloque à Casablanca, avant de rejoindre la famille de sa femme dans la Drôme.

Bien sûr, ai-je songé tout d'abord : il est très occupé. Bien sûr, il n'a pas le temps. Et puis j'ai lu le second message. Il disait qu'il comptait cependant, à son retour, qu'on prenne un moment pour se voir tous les deux, et que les semaines qui suivraient seraient davantage propices à un rendez-vous plus intime.

J'ai pesé le sens de chaque mot. J'en ai eu le souffle coupé. J'ai précipitamment rangé mon téléphone dans mon sac et je suis partie. J'ai cavalé, descendu sur mon vélo la bute de la rue Jean-Jaurès à toute vitesse, cette longue artère qui fend, toute droite, la ville en deux et qui descend jusqu'à la mer ; je regardais le ciel rosé du soir se fondre dans l'horizon, le phare du Portzic s'érigeait au loin telle une borne incandescente. Je pédalais à perdre haleine, j'étais ivre de vitesse, je voulais que mes jambes aillent plus vite que mes pensées. Ne pas réfléchir, surtout ne pas penser. Car tout cela me dépassait, et je savais bien que mes pensées, incontrôlables, intrépides, n'attendaient qu'un signe pour s'emballer, pour dérailler, pour alimenter un rêve qui grandissait, une image, une chimère, un fantasme contre lequel je luttais encore, contre lequel je me défendais encore, mais de plus en plus faiblement, d'une façon de plus en plus illusoire, de plus en plus vaine ; parce que je ne savais pas quoi faire d'autre, parce que c'était un réflexe, une prudence animale peut-être, une prescience infuse, primitive ; parce que je connaissais le pouvoir des mots, leur force évocatrice, et que je savais qu'il le connaissait aussi, et qu'il en maîtrisait la portée, la force suggestive, l'écho, et tout le champ de représentations enfoui qu'ils renferment, et en avez-vous conscience vous-même ? Chaque mot charrie une constellation de représentations que nous associons plus ou moins sciemment du fait de notre culture, des sonorités aussi, et avez-vous déjà pensé combien un borborygme serait moins laid, s'il ne se rapprochait pas tant des sonorités du mot « barbare » ? Combien l'adjectif « ragoûtant » trouverait des occasions nouvelles de s'employer, si deux syllabes ne le rapprochaient bien malgré lui de « dégoûtant » ? Combien « l'affabulation » nous semblerait moins innocente, si elle ne sonnait pas comme « affable » ? Combien l'ingénuité aurait à gagner si nous n'associions pas « naïf » à « niais » ?

Il n'y a rien d'anodin dans le choix d'un mot. Et je savais qu'il le savait au moins autant que moi. Et ces mots-là pesaient, vibraient, m'envoûtaient. Ils étaient un aveu sans qu'aucune frontière soit violemment enfreinte. Nous étions déjà dans le secret, dans le dévoilement. Il était trop tard. Et je luttais pour ne pas l'admettre.

Ce que j'aurais dû faire selon vous : me rendre indisponible, botter en touche, ne plus répondre.

Il aurait fallu, à ce moment-là, ne pas donner suite. Tout arrêter avant qu'il ne soit trop tard. C'est ce que n'importe qui aurait fait. Cela relève du bon sens. À moins d'être un papillon de nuit. Et j'ai toujours été fascinée par le feu. Chez moi, enfant, je m'asseyais au plus près de l'âtre, là où la chaleur devient à peine supportable, là où la chaleur du feu, dévorante, douce, pénétrante, cesse d'être inoffensive. Là où la flamme prend vie, danse pour vous séduire, vous lèche, vous enveloppe, vous attire à elle. Je me perdais, envoûtée par l'ondulation tortueuse des flammes qui s'emparent des bûches, par la puissance thaumaturge du feu qui semble caresser et qui consume, qui enlace et qui morcelle, qui s'étend, se multiplie, se déploie, qui embrasse et détruit. Je passais des heures le regard rivé sur le jeu du feu, sur sa force sensuelle et dévastatrice, attirée par le danger qui séduit, par la beauté qui ensorcelle. Sa lumière, ondoyante, changeante, fragile, jetait sur toute chose un reflet mystérieux et mélancolique. J'aimais le crépitement du feu, le souffle qu'il charriait, une sorte de musique silencieuse qui invitait au recueillement et à la méditation. Je jouais avec la flamme des bougies, approchais mes doigts jusqu'à passer au travers, aimais la brûlure de la cire qui coulait sur la pulpe ou sur l'ongle, cherchais, toujours, à braver l'interdit. Au cours du séminaire sur le romantisme, là où j'ai fait la connaissance de Tim, j'ai eu l'occasion d'étudier *Selige Sehnsucht* de Goethe, titre que l'on ne peut traduire qu'approximativement par « Bienfaisante nostalgie ». Le poète y évoque un papillon attiré par la flamme d'une bougie jusqu'à s'en brûler les ailes ; vous voyez le rapport ?

D'autres poètes, plus tard, se sont dits « prométhéens », car ils convoitaient le feu des dieux pour le restituer aux hommes quel qu'en soit le prix. Je ne suis pas poète, ou peut-être si finalement, si l'on n'entend pas par poète celui qui fait des vers rimés, mais bien plutôt celui qui, par le langage, cherche des correspondances secrètes et profondes entre les choses et les êtres dissociés du monde, définissant ainsi un certain rapport à l'existence, une manière particulière d'être au monde comme une grande compréhension sensible et intuitive de nos perceptions, cherchant la forme exacte et juste pour intégrer chaque chose dans une relation souterraine avec le grand ensemble qui nous englobe, qui nous saisit et qui nous meut. Alors je suis poète, ou peut-être pas, mais je vais toujours vers ce qui me brûle. Je sens le point d'incandescence, la morsure qui me ramène à ma conscience d'exister. Je ne dis pas que je ne peux pas résister à la fascination du feu ; je ne conçois pas d'autre mode d'existence, je ne sais pas *être* autrement. Et c'est d'ailleurs pourquoi la vie se déverse, si souvent, dans un lent écoulement d'ennui, une forme végétative qui n'est somme toute pas la mort, mais qui n'est plus tout à fait la vie.

C'était une fin d'après-midi, et j'attendais. J'étais plutôt nerveuse, je me cherchais une contenance. J'avais justement apporté un de mes carnets, car ils me tenaient aussi lieu de borne d'amarrage vous voyez, quand il me fallait me raccrocher au réel et que je sentais que je perdais pied. J'avais donc ouvert mon carnet, mais je ne trouvais rien à y écrire. Autour de moi : l'air pesant, un peu lourd, un peu alangui des heures qui coulent doucement vers le soir. Le port désert. Le signal sonore d'un feu de recul au loin. À une table, trois amis qui se retrouvent. Alors sur mon carnet, j'ai écrit un poème, qui étrangement me revenait en mémoire à ce moment-là : un poème de Michaux qui évoque la vie sans éclat, celle du quotidien et de l'attente, celle des rêves trop grands et des possibles trop étroits :

Tu t'en vas sans moi ma vie…
Tu roules.
Et moi j'attends encore de faire un pas…

Curieux que ce poème refasse surface justement au moment où ma vie s'apprêtait à basculer, où ma vie ne « roulait » pas, où elle ne courait pas devant moi, mais où précisément, pour une fois, je *coïncidais* avec elle. Et il faut bien le dire, j'étais pétrie de peur. Nous sommes notre propre ennemi. La peur nous avilit, nous fait redouter le saut, l'élan. Je le sais, maintenant. À chaque étape initiatique, j'ai dû composer avec la peur, me suis retrouvée nue face à elle ; j'essaie de l'apprivoiser. De m'en accommoder. Il faut passer outre. Je l'ai appris avec le temps : il faut la laisser venir, la regarder gonfler comme une vague, ne pas céder à sa tentative d'intimidation, et la laisser passer sans bouger. Derrière se trouve l'expérience, la porte, la révélation peut-être.

C'était cette même attente mêlée d'appréhension, ce long couloir d'absurde qu'il fallait traverser avant que tout prenne sens, et que soit justifiée la folie d'être là.

Soudain, il a été devant moi. Son corps puissant, ses épaules larges, sa stature qui me donnait l'impression d'être, face à lui, un gamin, une petite chose. Il m'a souri et il avait l'air d'être aussi ému que moi, aussi empêtré dans ses hésitations, plein d'envies et plein de doutes, plein de pudeur, plein de silences embarrassés, plein de retenue et plein d'audace.

Je portais ce jour-là une robe à fleurs boutonnée sur le devant. C'était une robe que j'avais retrouvée chez ma mère l'année précédente. Une robe qu'elle m'avait achetée quand j'avais quatorze ans, peut-être pour le mariage d'un cousin, et que je me souviens avoir portée pour ma confirmation l'année suivante. C'était une robe à manches courtes, cintrée à la taille et s'élargissant sur les hanches. Un tissu Liberty dans les teintes sombres, une coupe des années quarante qui faisait qu'elle n'était pas démodée près de vingt ans plus tard.

Je portais cette robe de communiante, comme un hasard qui ne l'est pas, comme pour me racheter par avance une conscience que je savais déjà avoir perdue. Cette robe si légère sur ma peau, si souple autour de mon corps, qui l'enveloppait de douceur, dessinait à chacun de mes pas le contour de mes hanches, dont le balancement se trouvait accentué par les volutes du tissu fluide, ses ellipses, ses ondulations. Cette robe si sage, au col doux et rond qui se fermait juste à la naissance des seins, perdait ce jour-là tout de sa discrétion, tout de sa raisonnable féminité, passant d'un corps de jeune fille filiforme à celui d'une femme formée, soulignant en quelque sorte la transformation, comme si elle avait eu lieu brusquement, et que je m'en rendais compte seulement à ce moment-là.

Il était assis juste à côté de moi, ses mains traînant sur la table, si proche, me parlant de choses sans aucune importance, et moi lui répondant de façon tout aussi dérisoire, conversant ainsi sur des choses qui étaient toute notre vie, qui étaient notre raison d'être, mais qui devenaient alors absolument secondaires, anecdotiques, insignifiantes, et nous le comprenions. Je jurerais qu'il le comprenait, qu'il pensait au-delà de ses paroles, qu'il pensait ailleurs, qu'il pensait plus loin et que, de l'autre côté de nos consciences, il y avait un aveu, il y avait l'odeur de sa peau, il y avait l'angle de son menton, et tout l'indicible d'un élan irraisonné.

Car le problème, comprenez-moi, avec ce genre de robes, c'est qu'elles se déboutonnent *si facilement*.

Un train est passé au loin, sa rumeur grandissant, emplissant l'air, se prolongeant bien après que sa silhouette serpentine se soit effacée.

Et c'est comme si ce train, passant entre la scène que vous voyez : lui et moi à la terrasse d'un café sur le port, et l'observatrice que je suis aujourd'hui, percevant tout cela à la fois de très loin et de très près, masquait le point de bascule, le moment où tout chancelle et se trouble, et c'est comme si, après le passage du train, rien n'avait changé, rien ne permettait, même à un observateur minutieux, de déceler le changement : la même robe à fleurs pour elle, une chemise bleue et un foulard safran pour lui ; ses mains à lui croisées sur la table, ses jambes à elle croisées sous la table ; ses sandales à lanières de cuir, son fin bracelet de cuir ; la mousse de bière adhérant aux parois des verres, le cendrier en fer-blanc réfléchissant l'éclat blanc du soleil ; et pourtant il était évident que tout était différent. C'était une impression ténue, ineffable, plus subtile qu'un parfum. Quelque chose de l'air que l'on respire, de la couleur de la mer, calme, toute proche. Quelque chose de la dilatation des pupilles, voyez-vous. Celle des chats, celle des serpents.

J'ai des yeux jaunes de serpent.

Si je cherche à comprendre, non pas à comprendre, mais juste à me souvenir, je n'y arrive pas. Je plisse les yeux, puis je les écarquille, je ne vois rien. Je ne vois qu'un trouble, ce train qui passe, et puis plus rien. Comme si j'avais disparu. Perdue dans le passage. *Vanished into the air.*

De ce que je pourrais vous raconter des événements qui eurent lieu durant les jours, les semaines qui suivirent, il ne me reste que des bribes sans lien entre elles.

Et puis ce qu'en dit mon carnet.

Ces pages semblent s'être écrites d'elles-mêmes, sans moi. Ce sont des pages de stupeur, des pages qui cherchent à mettre de l'ordre là où il n'y en a pas, des pages qui cherchent à discerner ce qui leur échappe, ce qu'elles voudraient saisir et qui se dérobe. Je tentais de comprendre ce qui se passait, et parfois je croyais en maîtriser quelque chose, mais à présent que tout ça est fini, et que j'ai le recul nécessaire, je réalise combien le trouble m'avait ravie et emportée dans un autre champ de conscience où se confondent l'ombre et la lumière.

Je manquais de lucidité parce que je n'avais pas le temps, voyez-vous. Ou disons plutôt que tout allait trop vite pour que je réussisse à prendre de la hauteur et à appréhender ce basculement de ma vie dans son ensemble, à en maîtriser les causes et la raison suffisante comme dirait Leibniz. Tout était précipité, tout s'emballait à la vitesse d'un cheval au galop.

Tout ce que j'étais en mesure de percevoir, c'était cet emballement, ce mouvement gigantesque qui me soulevait, qui me dépassait, et allait assurément beaucoup plus vite que moi. Je percevais que *je ne comprenais plus rien à ma vie.*

Le soir, à table, les enfants parlaient, racontaient leur journée. Parfois Mathias me regardait, me trouvait un air absent. Qu'est-ce que tu as ? Tu es avec nous ? La fatigue, prétextais-je, la fatigue. De fait, j'avais perdu le sommeil et l'appétit. Les yeux grands ouverts dans mon lit, à trois heures du matin, tout semblait se confondre ; le rêve revêtait le visage du réel, et les songes quittaient leur gangue de sommeil, prenaient corps devant moi, se dépliaient sous mes yeux, se mélangeaient au jour. Durant le jour, tout était étrange, tout vibrait, tout se teintait de nacre, le monde devenait une forêt de symboles. Tout flottait. Et le sol, chancelant, portait mes pas incertains, mes pas compromis et hésitants, mais toujours poussés par une étrange attraction, par une force, car une trouble torpeur, voyez-vous, s'était emparée de moi.

Oui, à partir de ce moment-là, je n'ai plus rien compris à ma vie. Un souffle immense me prenait parfois, me portait un instant, me soulevait de terre. Et il me semblait alors qu'un élan nouveau, beau et grand, était en train de naître. Une forme d'épanouissement de l'âme et du corps. Une possible réconciliation.

Il y avait quelque chose d'impossible et d'impensable dans tout ce qui se passait là. Tout continuait comme avant : la routine immuable, le même trajet à vélo chaque matin, mon petit sur le porte-bagages, ma grande sur sa trottinette jusqu'à l'école, et puis jusqu'au lycée ; les mêmes élèves que la rage de Bérénice laissait indifférents, perplexes au mieux (pourquoi ce grand dadais de Titus ne change-t-il pas la loi, si c'est lui l'empereur, et comme ça il l'épouse sa Bérénice, et il n'y a plus de problème) ; les conversations tièdes et compassées avec mes collègues sur les élèves, les autres collègues, les salles vétustes, le prix de l'essence à la pompe ; les perpétuelles longueurs alignées à la piscine, et ce calme de surface, ce silence depuis le bord de la ligne d'eau à peine entamé par le plat des bras qui s'abattent, les silhouettes des nageurs fendant l'espace, glissant comme sans effort, alors qu'en dessous, sous l'eau, c'est un perpétuel bouillonnement, un tumulte, un espace d'affranchissement ; toujours les mêmes dîners avec nos amis qui semblaient ne rien remarquer, les mêmes tête-à-tête un peu creux avec Mathias, où nous parlions du week-end à venir et de l'organisation de la semaine, où nous parlions cantine, garderie, rendez-vous chez le dentiste, courses, vidange de la voiture, et le plus étrange, c'est que lui non plus semblait ne rien remarquer. Tout était à l'identique, mais il y avait *sa voix*, sa voix que j'entendais tout le temps, en continu, chaque jour ; sa voix qui me faisait accéder à ses pensées, ses désirs, et peu à peu m'ouvrait la porte de son monde intérieur. Je découvrais une personnalité complexe, pleine des contradictions qui tourmentent les âmes habitées d'absolu. C'était un homme que je voyais très entouré, mais qui se révélait souffrir d'une insondable solitude. Il avait des amis partout, mais ne se livrait à aucun, brillait sans montrer sa face sombre, et je découvrais aussi les profondeurs obscures de son âme, la force noire qui irradiait, sa matrice, effrayante parfois, trouble de complexité, triste de désenchantement. Et je percevais aussi sa profonde candeur, sa foi inébranlable, sa capacité d'émerveillement, comme si son regard était neuf.

Et ses paroles, murmurées en continu dans le creux de mon oreille, modelaient aussi peu à peu une image idéale de ce que j'étais. Car son regard porté sur moi, son regard tendre, désirant, délicat, me poussait à me redéfinir, questionnant mon identité profonde. Il percevait de moi ce que beaucoup ne voyaient pas : cette forme de conflit intérieur, permanent, cette violence très bien enfouie, cet appel aussi, vers un absolu qui se dérobe à mesure qu'on l'approche, l'avidité qui en naît, et qui nous inonde... Il voyait la femme tiraillée que j'étais entre un idéal de pureté, de désincarnation, la femme qui se veut pur esprit, et la force vive de son désir tapi, rencogné au plus profond de son ventre, et qu'elle redoute de laisser s'exprimer.

Il m'encourageait, disait croire en moi, revendiquait une absolue sincérité dans notre relation et me parlait librement de ses pratiques, de ses expériences, de ses fantasmes et de ses égarements. Tout cela était tellement nouveau pour moi, vous comprenez, tellement inédit. Cette liberté de parole. Cette conception de la vie comme un lieu d'initiations et d'expériences, ainsi qu'une plaine ouverte à l'exploration sensuelle des corps, primordiale, essentielle. Il s'amusait de mon ingénuité, en paraissait touché aussi, comme si elle m'auréolait de pureté et ajoutait un surcroît de beauté à notre histoire.

Il y avait sa voix, et puis il y avait nos rencontres silencieuses. Chaque fois que je l'attendais, ou que je me rendais à l'un de nos rendez-vous, je me disais : ce sera la dernière fois. C'était trop de peur, trop de danger, trop de folie. Et quand il partait, j'aurais voulu qu'il reste encore, j'étais insatiable, et me retrouvais muette, aux abois, prise dans l'étau de mes désirs et de ma raison en déroute, et je n'avais de cesse de l'attendre.

Et lui si grand, si puissant, si assuré, devenait soudain timide devant moi, lui si sûr, si conscient de son désir, si expérimenté, lui qui en savait tant sur l'amour, lui qui s'y était tant essayé, se disait égaré, et semblait découvrir, en même temps que moi, cette forme d'exil extérieur, cette perte de repères qui nous laissait hagards, immobiles, esclaves de notre amour et de nos plaisirs dans l'agitation permanente du monde.

Car vous vous en doutez : il était proprement *impossible* de se voir. Lui si occupé, sa vie remplie jusqu'à la gorge d'obligations, d'engagements et de tâches administratives en tous genres qui, disait-il, lui pourrissaient l'existence. Moi, prise par mes enfants, par mes cours, par des réunions le soir à n'en plus finir. Il n'y avait ni temps ni lieu pour se voir. C'était impossible. Et pourtant, Dieu sait par quel miracle, nous trouvions. Lui surtout, *emplissait* le temps ; chaque interstice était une occasion. Il s'arrangeait pour me retrouver, même quelques instants, étirait chaque minute, suspendait les secondes.

Vous écrivant cela, je m'aperçois que je n'en dis rien. Ou plutôt, cela ne vous explique pas ce qui m'a emportée comme une vague, me rejetant un peu plus loin sur le rivage, si semblable et si profondément autre. Je ne vous dis rien de ce qui m'a submergée et engloutie. Parce qu'au moment de me lancer dans cette histoire, au moment où à ma place vous auriez cessé de répondre, ce que j'ai choisi de ne pas faire, au moment où je voyais se dessiner l'ombre de ce qu'allait devenir notre relation, je pensais garder le contrôle. Je pensais qu'Ismaël ferait un amant charmant, qui à n'en pas douter me ravirait les sens, sans que je m'y attache démesurément. Je pensais qu'il restaurerait une part blessée de mon être, sans que nous soyons tenus l'un à l'autre par autre chose que par un tendre secret. De toute évidence, jamais, *jamais*, je ne quitterais Mathias pour lui. Impossible.

Et comprenez-vous combien la situation m'a échappé ? À quel point je me suis perdue et que je n'y comprends toujours rien ? La preuve : je n'arrive pas à vous dire ce qu'est cette relation, pas plus que je ne sais en expliquer la cause. Je n'arrive pas à vous expliquer pourquoi je n'en suis toujours pas revenue, alors même que je sais pertinemment qu'il n'y avait rien à en attendre, et que j'ai le sentiment d'avoir été prise dans les nasses d'un désir étranger aussi facilement qu'un tourteau dans un casier, ne mesurant à aucun moment le danger, car il me semblait justement sans risque de s'y perdre.

Chaque instant désormais était rempli de sa pensée, tout mon corps habité par la grisante énergie qu'il me communiquait. Je ne cessais de me surprendre. Mes réactions et ma détermination, ma capacité à l'abandon, étaient une source permanente d'étonnement. Avait-il trouvé les points de contact pour me libérer et me délivrer de moi-même, ce que, dans le fond, nous recherchons tous ? Avait-il su approcher tout ce que mon cœur avait de farouche, de méfiant, d'incrédule et, par ses paroles si intenses et si délicates, l'apprivoiser ? Avait-il compris avant moi ce à quoi j'aspirais ? Ce besoin d'immensité dans l'ardeur de son regard, la communion des corps et cet aperçu d'accomplissement total qu'ils offrent quand ils s'accordent ?

Là était son talent : élever la célébration des corps au rang de sacré. Inventer notre histoire, la raconter et la sublimer au moment où elle s'écrivait. Il me disait : vivre vraiment nécessite de se confronter à des points d'intensité.

Qu'est-ce qui se joue dans l'amour physique ? L'idée que deux personnes réunies dans leur désir arrêtent le cours des choses, retardent la fin du monde, juste le temps de s'aimer. Le temps est aboli lorsque, à deux, dans le dévoilement des corps, dans le don sincère de soi, on crée un bastion éphémère où se joue une réalité de soi à l'autre, exclusive, unique, entière. J'avais le sentiment très précis que, lorsque nous faisions l'amour, nous concourions à l'harmonie du monde. Et en même temps planait sur nous l'ombre permanente de la tragédie, la conscience du mal : nous étions des damnés. Et nous faisions l'amour comme des damnés, dans l'obscurité limbique de nos corps, dans une tension permanente entre exaltation et anéantissement. Comment penser un accord si vrai, si juste et pourtant coupable ? Alors nous faisions l'amour dans le profond désespoir de la conscience du mal tandis que se répandait en nous le poison de la volupté. Et nous étions aussi, *en même temps*, deux enfants perdus, qui ne comprenaient pas comment la bonté absolue, comment toute cette lumière, toute cette beauté qu'ils créaient pouvait être néfaste.

Le reste du temps, je me sentais terriblement fragile. Et vulnérable. À fleur de peau. Tout baignait dans un voile d'irréalité. Alors même que le réel, la vie, le monde entier se dressaient contre nous, empêchaient nos entrevues. Je me demandais parfois : est-ce que ça en vaut la peine ? C'était si risqué, si incertain, si compliqué... Je pensais à la possibilité de tout arrêter. Je m'en croyais capable un instant.

Il y avait deux réalités inconciliables. Deux vies qui ne coïncidaient tellement pas. J'étais en classe avec mes élèves, je me dépêchais de sortir à la fin de mon cours, je pédalais à toute vitesse pour le rejoindre, puis j'allais chercher mes enfants à l'école, comme si de rien n'était. Comme si l'enchaînement chronologique de ces univers dissociés suffisait à en établir la continuité. Comme si ma seule substance existentielle suffisait à lier ces sphères autonomes et sans rapport, alors que vous conviendrez qu'il y a là quelque chose de proprement absurde à concevoir les différentes strates de nos vies morcelées sur le même plan, juste pour en déduire un principe de permanence identitaire.

Un jour, je suis restée seule dans la chambre, flanquée sur le lit, la tête pleine de bruit et de vertige, sans pouvoir bouger. Lentement, je reprenais mon souffle, les jambes parcourues d'un bourdonnement, tout mon corps encore habité de la chaleur noire de la jouissance. Mes membres étaient lourds, rivés au matelas. Dehors, le jour déclinait. J'étais seule dans cette chambre si blanche, si froide, mes yeux glissaient sur les murs sans rien en retenir ; toute mon attention était portée à cette conversion en moi, à cet éloignement dont je peinais à revenir, à la déchirure qui m'avait coupée en deux, et déposée sur un rivage inconnu, exilée du monde. Je me suis redressée, la tête me tournait. J'ai attrapé quelques pensées au vol, comme pour me raccrocher au réel, pour ne pas m'éloigner davantage, pour ne pas me perdre définitivement. Des pensées comme : il n'y a plus de sel à la maison. Des pensées du monde concret, comme on saisit une corde jetée à la mer juste avant de se noyer.

Et à partir de ce moment-là, j'ai eu l'impression de ne plus finir de sombrer doucement. Je me sentais loin, très loin, mais je ne saurais vous dire de quoi. Je percevais bien qu'une transformation avait lieu dans les soubassements de mon être, une mutation déterminante peut-être. Et pourtant la nature de ce changement continuait de m'échapper, comme le feu du château aventureux, au loin dans la forêt, qui égare les chevaliers en quête du Graal. Il avait la beauté sombre des ciels d'orage. Il m'effrayait et m'attirait. Tout revêtait une nuance d'intensité, la valeur de chaque instant était exacerbée, et la résonance de sa voix se prolongeait bien au-delà du champ de l'audible.

J'ai compris cependant assez vite qu'il se passait *quelque chose*, que tout ça ne se déroulait pas comme prévu. Je m'attachais à lui d'une façon qui m'effrayait. Moi qui me protégeais si bien d'habitude, dans ma tour d'ivoire, dans ma forteresse imprenable, moi qui gardais mes sentiments bien cachés sous mon châle comme un petit feu sans fumée, j'étais en train de faire sauter, un à un, tous les barrages, toutes les digues. Un courant déferlait qui était peut-être en train de me noyer. Ne dites pas que j'exagère, comprenez bien que je lui donnais un pouvoir qui me mettait à nu. Je lui donnais, consciencieusement, une à une, les clés de toutes mes faiblesses. Je lui offrais un empire. Je lui donnais la possibilité de faire ma joie ou mon malheur.

J'ai lu récemment cette phrase de Theodor Adorno : « Tu n'es aimé que lorsque tu peux montrer ta faiblesse sans que l'autre s'en serve pour affirmer sa force. » À l'époque, cette phrase m'aurait été d'un grand secours. Ou alors d'aucun. Car, pour moi, il n'était pas question d'amour. Alors je vous vois venir, avec le recul qui est le vôtre, c'est facile d'y voir clair. C'est facile de comprendre que c'était plus qu'un petit jeu de jambes en l'air pour tromper l'ennui, mais que connaissez-vous à l'amour d'ailleurs ? Qu'avez-vous lu, qu'avez-vous vu de l'amour ? À quoi le reconnaissez-vous ? Quels en sont les signes, les symptômes ? À quel moment peut-on poser un diagnostic irréfutable ? Avez-vous déjà été certaine d'aimer, sans restriction et sans réserve, sans doute ? Et même à ce moment-là, qui vous dit que vous n'étiez pas simplement le jouet de vos désirs, qui vous dit que vous ne vous croyiez pas amoureuse, parce que vous souhaitiez l'être ? Parce que vous en aviez envie, parce que c'était le *moment* ? Ne trouvez-vous pas étrange que cela n'arrive plus ensuite pendant des années et des années ? Que cela n'arrive plus, juste parce que ce n'est pas admis ? Combien d'amours empêche-t-on ainsi, parce que cela n'est pas possible, parce que ce n'est juste *pas le moment* ? Et l'amour est-il constant, et l'amour est-il absolu ? Peut-on dire « je t'aime » et ne plus le penser quelques heures, quelques mois ou quelques années plus tard ? Est-il possible d'aimer quelqu'un tout en saluant le ciel de ne pas vivre avec celui qu'on aime ? Car en ce qui concerne Ismaël, il m'apparaissait très clairement qu'il était un homme dont la volonté était si forte qu'elle écrasait très probablement celle de ses proches. Il devait être invivable. Intérieurement, je saluais le mérite de sa femme. Sa ténacité. Quoique j'ignore ce qu'elle-même cherchait à combler à travers lui, la connaissant trop peu. D'elle je savais surtout ce qu'il m'en disait : une femme aux nerfs fragiles, une femme innocente et perdue dans le monde, qui ne saurait pas vivre sans la stabilité de leur famille, qui mourrait assurément s'il la quittait… Et puis surtout : je me trouvais tant en lui que c'en était troublant. Il y avait un tel jeu de miroirs entre nous, comme un écho permanent, que nous n'aurions pu supporter d'avoir sous les yeux, constamment, nos propres manquements, nos failles grossies à la loupe de l'altérité irréductible.

Ne croyez pas que ce soit si simple… Il ne faut rien simplifier. Car il y avait aussi tous ces jours où je ne le voyais pas, et ça m'allait très bien. Où je n'aurais certainement pas voulu qu'il me voie. Parce que je me trouvais ces jours-là laide, ou vide, ou insipide. Vous savez, tous ces jours où vous êtes désespérée de n'être que vous-même, où vous êtes soudain affligée de toutes vos petites vanités qui vous apparaissent si ridicules à la lumière d'un certain regard ? Il y avait des jours comme ça, des jours fatigués où je me trouvais sans intérêt. À peine plus qu'un déchet. C'est dur de dire ça, vous trouvez ? Oui, mais c'est comme ça, il faut le dire. Être dans l'intensité amoureuse nous plonge dans les affres de la beauté permanente, de l'image donnée, et cela demande aussi une attention de tous les instants. Vous souvenez-vous des débuts avec votre mari, avant qu'il ne devienne *votre mari* ? Vous ne paraissiez que les cheveux éblouissants de propreté, soigneusement maquillée, vêtue de vos plus jolies tenues sous lesquelles vous aviez pris soin d'enfiler vos sous-vêtements les plus sexy. Et portez-vous toujours des culottes en dentelle ? Qui ne leur préférerait le confort du coton ? À quel moment ça bascule selon vous ? À quel moment en vient-on à s'en fiche un peu de se montrer sous son plus beau jour, à quel moment baisse-t-on la garde ? Et c'est ainsi, ce serait invivable sinon, vous ne pensez pas ? Surtout pour nous les femmes, qui devons tacitement paraître sous une certaine forme d'apprêt, élégantes, maquillées, épilées, la peau douce et parfumée. Et tout cela avec le plus grand naturel. Comme si Dieu nous avait projetées sur terre avec de longs cils et un teint éclatant pour satisfaire le sens esthétique des hommes. Alors il y avait parfois comme un soulagement de ne pas pouvoir se voir tout le temps, d'en être empêchés par la situation, par notre secret si compliqué à concilier avec nos vies.

Maintenant je vous le demande : la vie à deux est-elle seulement possible ? Je veux dire, est-il possible de préserver l'amour en vivant avec la personne aimée ? L'amour n'est-il pas plus fragile qu'on ne le pense, même quand il est fort ? Le lent déversoir des jours quotidiens n'use-t-il pas plus qu'on ne veut bien le reconnaître l'attrait de l'autre ? Et comment vivre seul ? Et comment vivre ensemble ?

Alors voulez-vous que je vous fasse part de ma découverte, ou autant dire de ma sérendipité ? Voulez-vous savoir ce que j'ai compris, en dépit de la souffrance occasionnée par l'épisode des carnets ? Il y a un double flux : un flux violent, un torrent amoureux, et jusqu'à présent je n'ai pas réussi à voir de quelle façon il peut être contourné sans se mentir, sans se meurtrir. Jusqu'à présent ma faiblesse est de ne pas savoir faire autrement que d'y plonger, et d'être emportée. Mais il existe aussi des rivières souterraines et, bien qu'elles soient beaucoup moins spectaculaires, celles-là non plus il ne faut pas les sous-estimer. Car quand les flots dévastent les cultures, les cours d'eau souterrains les irriguent. Et faisant le deuil de cette histoire, j'ai compris que j'aimais toujours Mathias. Je ne l'aimais plus comme au premier jour, bien sûr. Mais je l'aimais pourtant, je tenais à lui, vraiment, *profondément*, j'aimais ce qu'il était, même s'il m'arrivait de ne plus le supporter. Mais peut-être faut-il se mettre en danger pour sentir palpiter, sous la couche grise de crasse accumulée autour de la bonde du lavabo, une authenticité, un sentiment pur, intact, et même renforcé par le temps, vidé de la rancune, de la pesanteur des jours, de l'opacité du devenir. Un socle.

Quand Mathias s'est arrogé le droit de lire mes carnets, c'est ce noyau qui a vacillé, qui a basculé, et voici ce qui, dans le fond, nous tétanisait, nous laissait pâles, les yeux rouges de fatigue après de longues nuits sans sommeil. Nous étions deux enfants terrifiés et fascinés par le pouvoir de destruction qu'ils avaient entre les mains.

Comprenez-vous ? Comprenez-vous maintenant ? Parce qu'il est indispensable que vous me compreniez. L'intensité de cette relation était peu à peu devenue si redoutable que je préférais encore me raconter des histoires, et jusqu'au bout, imaginer que ce n'était qu'une aventure, une toquade, et jusqu'au bout, voyez-vous, je pensais vraiment que je pouvais y mettre fin du jour au lendemain. Vous comprenez ? Je croyais que je le *pouvais*.

Et comprenez-vous le déchirement quand il m'a fallu, brutalement, tout arrêter ? Comprenez-vous le manque absolu, l'envie de me faire mal, de me blesser, de laisser des cicatrices sur ma peau ? Comprenez-vous le désespoir ? Peut-être que cela vous échappe. On est nombreux à sous-estimer l'amour. Moi aussi : quand je l'observe chez les autres, je lève les yeux au ciel. Je me dis : encore cette grande idée de l'amour ! Mais qui n'est pas remplaçable, enfin ! Maintenant je crois que l'amour, justement, c'est celui de la singularité d'un être. On aime ce qui est unique et, quand on le perd, on a la conscience profonde, ancrée, d'une perte *irrémédiable*. Ce n'est pas une question de qualité, ou plutôt pas seulement. Cela n'a que peu de chose à voir finalement avec le fait d'être mieux ou moins bien, plus intelligent, plus drôle, plus sensible, plus beau, plus généreux. C'est une question de contact avec l'humanité la plus sensible, dans ce qu'elle a de plus flamboyant et de plus vulnérable, et d'accéder à cette merveilleuse *exception*.

Vous, campée sur votre quant-à-soi, ennuyée peut-être par mes jérémiades, vous vous dites que tout cela n'est ni grave ni important. Vous avez raison, mais seulement en partie. Tout est grave, depuis le début. Arrêtez de relativiser. Vous me dites : il y a les guerres, les enfants soldats, les migrants sur la mer et le réchauffement climatique. Oui, mais on ne peut pas parler dans ce cas d'événements graves : ce sont des faits d'une telle disproportion, voyez-vous, d'une horreur qui échappe tellement à l'entendement, qu'il n'est pas possible de les intégrer dans le domaine du réel. Ils débordent du cadre, voyez-vous, il n'y a aucun rapport d'échelle, vous comprenez ? C'est comme si vous essayiez de mesurer la taille de la galaxie avec un double décimètre, si cette métaphore peut parler à l'institutrice que vous êtes : l'outil est tout simplement inapproprié. Ainsi, on ne peut raisonnablement qualifier de « grave » la guerre, la misère humaine, la maltraitance des enfants : c'est littéralement au-delà et, de fait, hors de propos. Puisque nous avons la chance absolue de ne pas connaître ni subir de façon directe un de ces outrages, on peut considérer que nous avons la possibilité de vivre des expériences humaines mesurables sur une échelle de gravité, au rang desquelles la perte d'un amour me semble être une chose relativement grave.

Non, ce n'était pas de l'amour. Ou plutôt, je m'interdisais de le penser. Il y a des mots trop lourds à porter, trop lourds à offrir. Des mots encombrants, des mots trop vastes et trop puissants pour une âme malade, pour des épaules frêles de doute. Jamais nous ne nous sommes dit « je t'aime ». Et nous nous étions reconnaissants de ne pas prononcer ces mots, de nous reprendre au moment où ils allaient nous échapper, de ne pas laisser ces paroles franchir la barrière de nos lèvres. Car comment l'aurions-nous porté, cet aveu brûlant, cette montagne d'or, ce cristal poli par la langue d'un serpent ? Qu'aurions-nous pu en faire, sinon pleurer de désespoir, de cette tiède amertume du sentiment impossible ?

Inconsciemment il s'agissait de nous préserver. De ne pas aller jusqu'au point où nous ne pourrions plus agir raisonnablement, où le besoin de l'autre nous ferait prendre des risques inconsidérés, nous compromettre, et nous perdre assurément.

Le temps passant, les journées se succédant, Ismaël me paraissait de plus en plus fragile, aussi perdu que je l'étais. Je voyais se fissurer la fine écorce de son assurance et perler à la surface les gouttes d'une sève brûlante. Certains jours je le trouvais empli de doute, et il semblait, comme un arbre malmené par la tempête, menacer de s'abattre. J'en étais bouleversée. Car tout était nouveau pour moi. C'était lui qui menait le jeu, qui m'en expliquait tacitement les règles, qui en dictait les codes. Et pourtant il se révélait en proie à la même immense incertitude, à ce doute généré par le manque. C'est qu'il était si compliqué de se voir tant le monde semblait parfois s'élever contre nous qu'un sentiment d'absurdité nous gagnait.

Nous nous retrouvions parfois dans un café. Il y avait des gens autour de nous, ses yeux, ses mains, nos désirs contenus, et nos paroles vaines, comme pour tenter de ne pas perdre le contact, parce que nous sentions bien comme tout cela nous exilait, nous comprenions que l'échange ne pouvait plus se passer de l'intimité de nos corps, et nous percevions confusément qu'aucune parole ne viendrait jamais combler la béance que nous infligeait le secret.

Nous avons partagé cette tristesse, ces errements, et si par hasard vous vous demandez pourquoi, pourquoi s'infliger une telle souffrance, pourquoi se complaire dans ce que votre pudibonderie appelle le vice et le stupre, si vous pensez lire ici les confessions d'une débauchée cultivant un goût mortifère pour la compromission, sachez que vous n'avez rien compris. J'entends vos interrogations, mais vous n'y êtes pas du tout. Rien de dégénéré chez moi. Enfin, vous m'avez vue. Vous m'avez *regardée*. L'image n'était pas bonne, certes, mais vous avez pu voir que je ne suis pas tout à fait ce que vous croyez. Je présente bien, je sais me tenir, je suis sensée et pertinente. Enfin, je ne suis pas folle.

Je ne suis pas folle.

Trop facile d'enfermer quelqu'un, une femme surtout, dans ce genre de qualificatif. Jugement expéditif pour tout ce qui nous dépasse, pour toute forme de démesure qui échappe à la médiocrité ambiante. Dans le temps, on disait « sorcière » et on allumait un feu. On y serait peut-être encore, si Freud n'avait pas inventé l'hystérie et transformé la faute en pathologie. Mais dans le fond ça revient au même. C'est trop commode de taxer l'autre d'anomalie dès lors qu'on ne le comprend pas. C'est une prise de pouvoir éhontée et avilissante, ça vous dédouane de votre arrogance et de votre étroitesse d'esprit tandis que toutes vos incriminations se trouvent justifiées. Voir la débilité d'autrui là où il y a juste une tentative d'approcher l'essence de son être. Ça fait du moindre de ses faits et gestes une déviance dont vous pouvez vous prémunir, dont vous vous félicitez d'être à l'abri, et même que vous vous croyez en droit de corriger. Ça vous pose en éducateur, en soignant, en gardien des bonnes mœurs et de la morale. Et voyez-vous où est le problème maintenant ?

Il m'était impossible de le chasser de ma vie à présent qu'il y était entré. Impossible, comprenez-vous, en dépit des souffrances et des doutes. Ça n'était tout simplement pas en mon pouvoir.

Imaginez-vous que, lorsque je le retrouvais enfin, à l'abri des regards, dans l'intimité d'une chambre, qu'il m'attirait à lui pour m'embrasser, c'est toute l'attente, pesante, infinie, de notre séparation, tout ce qu'il avait fallu surmonter d'obstacle qui s'en trouvait alors justifié. Je comprenais combien tout avait été tendu, depuis notre dernière entrevue, vers cet instant précis. Et c'était comme si tout s'agençait soudain dans l'ordre du monde, comme si tout trouvait son sens, comme si tout était justifié par ce baiser. Et dans le jour déclinant, un rayon de soleil passait *juste à ce moment-là* dans l'encadrement de la fenêtre, nous enveloppant de sa chaleur cendrée, comme pour nous embrasser, comme pour nous bénir.

C'était un baiser éperdu, dans lequel je disparaissais, un baiser d'affamé, un baiser d'âme errante se jetant à corps perdu dans la foi. Il y a tout ce vide en moi qui si souvent m'oppresse, vous voyez ce dont je parle ? Celui que vos préoccupations de directrice, que vos affairements propitiatoires ne comblent pas tout à fait ? Celui qui vous tient éveillée et vous laisse dépossédée, transie de froid et de peur désordonnée au cœur de la nuit ?

Il y avait une distorsion du jour et de la nuit. Les rêves avaient quitté la chaleur discrète des draps pour s'entremêler au jour. Ils ne se cantonnaient plus à l'obscurité secrète et silencieuse du lit, ils intervenaient dans le livre d'heures, ils le modelaient et le pliaient à leurs désirs. Je vivais dans un flottement. Tout était suspendu. Tout prenait une nuance d'intensité, tout faisait écho à un sens enfoui que je m'efforçais de percer. Il y a que je ne comprenais rien à ces échos, à ce qui semblait me faire signe et que je ne savais pas interpréter. J'évoluais dans un monde qui me parlait un langage auquel je n'entendais rien. Je ne comprenais rien non plus à ce vertige que j'éprouvais, cette peur permanente de basculer dans le ravin alors même que je me projetais dans la vibration de la vie. Je ne m'expliquais pas comment le temps se précipitait et s'étirait démesurément, comment tout s'allégeait et se colorait d'absolu. J'écoutais sans cesse les mêmes musiques, comme pour en épuiser la beauté, comme si en résoudre l'énigme pouvait me donner accès au sens de mon existence. J'écoutais des mélodies profondes, au souffle pur, gorgées de vent et de soleil, de la source chaude de la clarinette, des percussions à peau, dans lesquelles perçait toujours une légère dissonance. Et j'étais saisie précisément par ce heurt, par l'égratignure qui ravivait l'éclat d'une plénitude au bord de la souffrance. Et je percevais confusément que c'était ça, cette discordance, cette morsure, qui me faisait toucher l'essence même de la vie.

Vous savez ce qui est étonnant, c'est qu'à ce moment même je faisais lire à mes élèves des extraits de *L'Éducation sentimentale*, et savez-vous quelle était leur réaction première, la plus spontanée, la plus immédiate ? Eh bien ils étaient choqués. Oui, avant même que de voir la grandeur du sentiment, la force du désir, à un âge où, selon toute vraisemblance, on est en pleine émulation hormonale, en pleine effervescence sexuelle, à un âge où l'excitation des premières fois vient conforter de grands fantasmes romantiques d'absolu et d'éternité, ils étaient choqués qu'un jeune homme puisse s'éprendre d'une femme mariée, et choqués qu'une femme mariée corrompe son honneur et sa vertu dans des jeux pusillanimes et vains. À leurs yeux elle s'en trouvait dégradée. Vous trouvez ça normal, vous ? Qu'à seize ans, de si jeunes gens aient déjà intégré la règle sacrée du mariage, et du sacrifice que l'on doit à l'épousé, et de l'alliance qui nous enchaîne et nous prive de notre liberté ? Vous trouvez peut-être normal que de si jeunes gens ayant tant désacralisé le sexe (connaissez-vous ces chiffres effrayants : à treize ans, un adolescent sur deux a déjà été confronté à une vidéo à caractère pornographique), portant un regard tellement cynique sur la relation amoureuse, ces si jeunes gens sans tabou, usant entre eux d'un vocabulaire si cru, si violent et si profondément vulgaire qu'il me heurte à chaque fois que je surprends une de leurs conversations entre deux portes, que ces si jeunes gens donc, s'offusquent de ce que deux personnes éprouvent du désir l'une pour l'autre quand bien même elles sont engagées ailleurs, liées à quelqu'un par un contrat tout ce qu'il y a de plus artificiel ? Est-ce là une projection de leur propre avenir : baiser (disent-ils), tout expérimenter (c'est ce qu'ils valorisent, ce qui impose le respect), fronder, briser les codes, et puis, un peu plus tard, se ranger pour de bon, mettre au placard son esprit rebelle et bravache comme on remise une chemise démodée, et puis fonder une famille, et ainsi tout rentrera dans l'ordre, ils pourront reproduire scrupuleusement le modèle de leurs parents après l'avoir copieusement rejeté ? Est-ce là la jeunesse ? Peut-être bien malheureusement. Et comment sont-ils chez vous, les lycéens ? Parlent-ils ce français feutré et joliment troussé aux pointes d'accent mondain d'un autre temps, ce français appris dans les livres ? En sont-ils plus pondérés, plus profonds, plus sages ? Qu'est-ce que ce langage traduit d'eux, qu'a-t-il modelé dans leurs représentations ? Conçoivent-ils mieux la complexité de l'âme humaine, et la concevez-vous, vous-même ? Percevez-vous autrement qu'avec méfiance ce qui déborde des manuels scolaires ? Seriez-vous un de ces hussards de la République, endossant votre mission comme un sacerdoce et n'envisageant pas un instant que la vérité échappe au déterminisme ?

Pensez-vous donc que ma tromperie, que mes mensonges sont inexcusables ? Croyez-vous en l'honneur, en la franchise absolue, en l'intégrité, comme à un modèle éthique de pureté ? Croyez-vous en l'idéal chevaleresque de vertu et de sincérité, de loyauté indéfectible ? Mais Arthur trahi envoie sa femme au bûcher. Et il déclenche une guerre fratricide. Il n'y a pas de bonne morale. Ou alors elle est inhumaine. D'ailleurs, l'intégrité absolue, que l'on porte au pinacle des vertus, flirte plus souvent qu'il n'y paraît avec une forme de bêtise, voire d'aveuglement. Fallait-il qu'Arthur, blessé par la trahison de Lancelot et de Guenièvre, s'impose ce rigorisme de jugement sous prétexte qu'il était roi, et qu'un roi se devait de montrer l'exemple en châtiant sa femme comme il se doit ? N'aurait-il pas gagné à faire preuve d'un fond d'empathie, d'une once de bienveillance ? Je vous l'accorde, le mensonge est haïssable, car il est toujours une forme de manipulation, une sournoise lâcheté, une réification de la personne que l'on trompe en somme. Oui il y a bien quelque chose d'intolérable de cet ordre-là. Mais où le mensonge commence-t-il ? N'avez-vous donc pas de pensée inavouable ? Aucune duplicité insoupçonnée ? Êtes-vous sans ombre ? On fait généralement une différence substantielle entre la pensée et l'acte. Mais n'est-ce pas là une frontière symbolique parfaitement arbitraire ? Quand bien même vous n'auriez jamais trompé votre mari, toutes les fois où vous avez pensé le faire, imaginé le faire, rêvé de le faire ne sont-elles pas aussi blâmables et aussi blessantes que s'il en avait eu connaissance ? S'il pouvait accéder à ces images que vous avez formées toute seule, quand bien même elles seraient pur fantasme, sans aucune réalité tangible, comment croyez-vous qu'il réagirait ? Garderait-il le même flegme, la même placide indifférence ? Et vous, combien lui en avez-vous voulu de ne pas être celui que vous aimeriez qu'il soit, et de vous empêcher, pour lui, de vous adonner au plaisir de la chair, et de vous autoriser le supplément d'être que l'amour procure ? Combien l'auriez-vous davantage aimé, accepté pour ce qu'il est, si seulement votre union maritale n'avait pas empêché votre épanouissement sensuel, charnel, sentimental, en dehors de lui ? Vous me trouvez outrecuidante ? Je suis d'accord ; tout ce que je vous raconte *ne se dit pas*. Mais c'est tellement différent : vous êtes si loin. Et puis tout ça reste entre nous, n'est-ce pas ? Tout ça reste bien cacheté dans l'étroite enveloppe affranchie au tarif en vigueur. Vous êtes tenue par le secret, maintenant que vous m'avez lue. D'une certaine manière, vous êtes un peu fautive, vous aussi, car la culpabilité est contagieuse figurez-vous. Vous la partagez désormais, car vous adhérez, timidement, à mon propos. La petite voix perce sous votre carapace de principes. Vous entrez dans une forme d'acquiescement. Vous faites tomber les barrières de vos certitudes. Non que je vous apporte la vérité, je ne prétends pas l'atteindre moi-même, mais rien de pire que le dogmatisme, n'est-ce pas ? Souvenez-vous d'Arthur et son obstination à brûler sa femme. Ou d'Abraham prêt à égorger son propre fils pour obéir aveuglément, comme un chien, à son Seigneur. Pensez à toutes ces petites bonnes gens qui font de leur morale une fierté et brandissent le malheur auquel ils ont consenti comme un étendard, imaginant se voir décerner un jour une médaille, parce qu'ils en auront tellement bavé, tellement, qu'ils auront tout accepté, toujours, sans se plaindre, parce qu'on leur dit que c'est comme ça, et qu'ils sont dociles et obéissants, parce qu'heureux les miséricordieux, et qu'ils tiennent tout cela pour vertu cardinale.

Alors moi je ne détiens pas la vérité, je ne cherche pas non plus à me déresponsabiliser de mes actes. Je les assume, n'ai pas toujours conscience de les choisir, j'ai tant de fois l'impression qu'ils me déterminent plus que je ne les détermine moi-même, mais enfin tout cela n'est sans doute qu'un travail de conscientisation, et vous trouvez aussi que j'ai à progresser dans ce domaine ? Je ne veux plus subir, vous comprenez ? Je ne voulais pas reprocher à Mathias le fait de m'être défendue de vivre ce que je voulais vivre. Et je ne veux pas avoir à vous reprocher de ne pas m'avoir choisie pour le poste (quand bien même la décision finale ne vous revenait pas, comme vous me l'avez expliqué, et que vous étiez au « sincère regret », etc.). C'est pourquoi je vous écris. Vous comprenez maintenant ? Est-ce que vous comprenez ? Il est indispensable que vous compreniez. Notre venue à Tachkent est une absolue nécessité. À vrai dire, je pensais, naïvement, que vous l'aviez déjà compris, à votre manière, à fleur de conscience, par tout ce qui passe de sibyllin dans nos gestes, et même si l'attente de votre réponse fut un supplice je n'envisageais pas *réellement* que vous puissiez préférer quelqu'un d'autre. Je voulais croire que vous aviez perçu, dans notre échange, l'évidence consistant à admettre que ce poste était pour moi, qu'il *fallait* que ce fût moi, et que tout était, en quelque sorte, déjà joué. Et j'ai cru que cette évidence vous était apparue en même temps qu'à moi, lors de notre échange, en dépit de la liaison de mauvaise qualité qui interrompait parfois la communication, figeant l'image dans une grimace floue d'articulation, ou rendant inintelligibles certaines de vos paroles. Oui, en dépit de cette conversation sans fluidité, rendue artificielle par la distance jamais abolie quels que soient les moyens modernes de communication, j'ai cru qu'un espace d'entente profond s'était ouvert entre nous. C'est ma faute. Il était facile de penser ainsi. J'aurais sans doute dû être plus explicite dès le départ. En somme, voici ma véritable lettre de motivation, un peu disproportionnée, je vous l'accorde, mais la longueur me semble anecdotique comparée à l'enjeu qu'elle représente.

La fatigue m'enchaîne, c'est là ce qui me désole. Je dors très mal. Mes nuits sont peuplées de rêves étranges, qui me poursuivent le jour durant. Il y a bien longtemps qu'un rêve de voiture ne m'avait pas poursuivie. Il y a eu une période où, très régulièrement, je rêvais que je conduisais une voiture lancée à folle allure et dont le volant ne répondait plus. C'était effrayant. Je ne rêvais plus de voiture depuis bien longtemps. Mais cette nuit j'ai extrêmement mal dormi. Mon fils nous a rejoints dans le lit à une heure, et j'ai tourné dans tous les sens pour tenter de me rendormir. Quand j'ai fini par trouver le sommeil, deux bonnes heures plus tard, je me retrouve dans une voiture. Je longe une barre d'immeubles dans la nuit, à petite vitesse. Il y a des poubelles le long du trottoir. Arrivée au bout de la rue, je me rends compte que ce que je cherche, peut-être l'endroit où je dois me rendre, se trouve en fait ici même, juste un peu plus haut. J'amorce donc une *marche arrière*. Et là mes pieds *dérapent*, je *perds les pédales*, ne parviens pas à les retrouver, et alors la voiture *part à la dérive*, dévie et commence à dévaler la pente en virant. Je sais que d'autres voitures arrivent sur la file d'à côté, et l'impact semble tellement inévitable que je me réveille en sursaut. Comprenez-vous ce que ce rêve signifie ? Il me semble qu'il est suffisamment clair, n'est-ce pas ? Il parle tout seul, non ?

Ma vie est un tumulte. En même temps, je préfère ça à la succession tiède et morne des jours. Savez-vous comme je me sens seule, si souvent ? Pourtant je suis tellement entourée, débordée même par ma sociabilité. J'aime parler, j'aime rencontrer les gens, j'aime découvrir ce qui les anime. J'aime séduire aussi, j'ai besoin de plaire souvent. Mais c'est un piège. Une distraction. La solitude est toujours là, derrière, profonde. Rares sont ceux dont la compagnie la tient éloignée durablement. Ceux-là sont des amis, des vrais. Mais ils sont peu nombreux, et loin pour la plupart. Ils m'ont manqué, tout le temps où a duré mon histoire avec Ismaël. Mais bizarrement, ils n'étaient pas là. Occupés ailleurs.

Mes collègues me trouvaient amaigrie, fatiguée. Ils s'inquiétaient de me voir les yeux cernés. Leur sollicitude était touchante, mais qui pour me prendre dans ses bras comme une mère ? Qui pour calmer le rugissement sourd qui gonflait ma poitrine et aspirait ma chair, mes muscles, mon sang ? Qui pour faire taire la voix, celle qui me suit, qui se dissocie de moi ? C'était comme si le monde était vide, hors de lui, Ismaël, et moi.

Quand finalement j'ai rendu visite à Tim, mais alors tout était déjà fini, il m'a écoutée longuement et, avec sa grande sagesse, avec l'infinie sagesse qui est la sienne, qu'il puise dans les livres et dans sa grande expérience de la vie, infiniment plus vaste que la mienne, il m'a dit : il n'y a pas de solution. Le désir est un mouvement, libre, sans concession. Le désir est une courtisane. Il faut l'accepter. Choisir de suivre la vague, être emporté sur sa crête, et accepter la peur, la chute, la blessure ; ou la laisser passer, attendre qu'elle nous recouvre, puis qu'elle disparaisse. L'amour est une ombre errante, insatiable, capricieuse, infidèle.

Alors je sais ce que vous pensez, nous nous sommes expliquées là-dessus, et comprenez bien que je ne fais pas l'apologie de l'adultère, je ne dis pas même que c'est une voie possible. La petite expérience que j'en ai a été suffisamment un fiasco pour que je n'y voie là rien de recommandable. Je ne prétends pas apporter de solution, mais je voudrais au moins regarder la réalité en face : que faire de son désir illégitime, de la violence du désir qui balaie la bienséance sociale comme un coup de vent envoie voler des feuilles mortes ? Je crois, comme me l'a assuré Tim, qu'il n'y a pas de solution. Il n'y a qu'une vie de l'éternel présent. Moi, j'ai la faiblesse de la projection, immédiate. Je vais toujours *plus loin*. Je suis incapable, entendez-le, incapable d'endiguer le flot des émotions quand il me prend. Moi je vis comme on plonge dans un torrent, comme on nage dans le sens du courant, pour en éprouver la vitesse, la fraîcheur. Je ne sais pas aller contre. Je n'ai jamais su arrêter une relation à temps. J'ai toujours voulu aller plus loin, voir ce qu'il y avait derrière, au-delà. Je suis avide, voyez-vous, avec tout ce que cela implique. Je suis avide, parce que j'ai peut-être manqué de tout. Reprendriez-vous un affamé d'Haïti se retrouvant dans un banquet sur ses manières de table ? En voudriez-vous au vieillard décati qui, avant de rendre son dernier souffle, caresserait les fesses de l'infirmière ?

Je vous écris, et je trouve mes propos d'autant plus inconvenants qu'ils se donnent l'aisance de l'impunité. Le pire, voyez-vous, c'est que j'ai malgré tout vécu cette histoire avec si peu de culpabilité. C'est peut-être ce qui vous heurte le plus finalement : se vautrer dans la faute sans en être mortifié de honte, sans aucune repentance. Je m'arrangeais de l'idée que deux réalités coexistaient sans jamais devoir se rencontrer. Je n'envisageais même pas véritablement que la rencontre puisse avoir lieu. Quelle inconséquence, n'est-ce pas ? Bien sûr, je la redoutais malgré tout. Il m'arrivait d'avoir des sueurs froides, de craindre d'avoir laissé en évidence des preuves confondantes, mais tout cela était tellement énorme, *inconcevable*, que je ne pouvais, raisonnablement, croire en la confrontation de ces deux vies : la licite et la secrète, la sociale et l'intime, celle de façade et celle d'arrière-boutique. Vous allez me renvoyer encore une fois à ma mauvaise foi et vous avez raison. Mais sachez qu'il ne s'agit pas ici de faire mon examen de conscience. Car je sais à quel point tout cela me déborde, voyez-vous, comment tout cela outrepasse ma petite vie et quelques conjonctures hasardeuses. Je sais que le destin de la femme que je suis rencontre celui de *la Femme*, symbolique, archétypal. Je sais que la femme est acculée à son rôle et comment nous nous y fondons, avec plus ou moins de réussite, avec plus ou moins de bonne grâce. Pour ma part, j'ai mis du temps avant d'endosser le costume, j'étais timide vous comprenez. Et qu'est-ce que la timidité sinon cette profonde conscience d'exister au moment même où l'on se confronte au regard d'autrui ?

Le regard des hommes m'a longtemps embarrassée. Je ne savais pas quoi en faire. Je ne savais pas comment y répondre. Souvent je feignais de l'ignorer et je passais pour quelqu'un de froid, de distant, ce qu'au fond je n'étais pas du tout. Je résistais, comme une Daphné recouvrant son visage d'écorce pour ne pas sentir la douceur des baisers d'Apollon, parce qu'elle redoute plus que tout d'être aspirée par le désir, qu'il se referme sur elle comme un piège, et qu'elle y perde sa liberté. Le mot même de « femme » me rebutait. Ou plutôt non : il me fascinait, mais ne me concernait pas. Il n'était pas moi. Un mot trop sérieux, trop empreint d'une dimension sexuelle, d'une connotation genrée, avec tous les attributs qui vont avec : des seins, des fesses, des hanches, des jambes galbées, des atours, de la coquetterie, des parures, et surtout, surtout, une propension très nette, très marquée, à la séduction. La femme demeure, dans l'imaginaire collectif, cette pécheresse qui corrompt l'homme, qui l'entraîne dans le vice. Après tout, c'est bien elle qui tend la pomme à Adam, non ? Et Adam, cette pauvre poire (c'est le cas de le dire), faible de son désir pour Ève, accepte et croque le fruit défendu, et ce n'est pas sa faute, à Adam, ce n'est qu'un brave type qui suit son instinct, pas possible de résister, pas possible. Et nous, femmes, nous l'avons parfaitement intégré. Même moi j'ai fini par y venir, à cette idée que c'est moi l'allumeuse, la petite pute qui attise le désir et la concupiscence, la femme serpent de la tentation, et que tout est tellement, toujours, de notre faute. On l'accepte ou on le refuse, on s'en accommode ou on s'en indigne, on l'assume ou on s'en protège, mais c'est là, ça nous colle à la peau, cette image d'une femme toujours consentante, toujours déjà fautive. Est-ce la raison pour laquelle je n'ai jamais su quitter un homme, jamais su rompre, avec tout ce que cela impliquait ? Il m'est arrivé de le faire, mais toujours de façon très maladroite, très soumise aussi, en prenant la responsabilité de tous les torts, en m'excusant presque. Je l'ai fait, mais seulement quand cela était absolument nécessaire. Quand il n'y avait plus aucune issue possible. Je ne l'ai donc jamais fait *raisonnablement*. Ça change tout, vous savez. Il y a un moment, dans la relation, où l'on sent que l'on prend la tangente. On peut alors sciemment penser qu'il vaut mieux en rester là. Qu'il n'arrivera rien de bon en continuant. Et cette décision est sage.

Par exemple, il y a un moment où j'aurais dû savoir mettre un terme à ma relation avec Ismaël, quand le manque devenait si fort qu'il me rongeait de l'intérieur, quand la tension entre le dedans et le dehors était telle qu'elle devenait difficilement soutenable, difficilement vivable et que je pensais juste : tenir, tenir, tenir. J'aurais dû y mettre fin au moment où j'ai pris conscience que nous avions glissé dans le fleuve, que nous étions en train de lâcher la dernière racine qui nous rattachait au rivage, et qu'à présent, fascinés et terrifiés par la puissance des courants, nous dérivions, portés par quelque chose que nous ne nommions pas et qui nous dépassait. J'ai vu très nettement notre dérive, et je n'ai pas su y mettre fin.

Bien sûr, il aurait fallu rompre à ce moment-là. Il n'y avait aucun avenir possible entre nous. Je vous rappelle qu'il ne fut jamais question de changer quoi que ce soit à notre situation conjugale. Lui invoquait parfois sa femme fragile, friable, figurine de porcelaine qui n'aurait pas survécu à une rupture. Je n'aurais jamais voulu m'assurer de ses dires. Et puis nous le savons toutes deux : les hommes ne quittent pas leur femme.

Aujourd'hui encore, alors que toute cette histoire est terminée, je peine à comprendre ce à quoi je tenais. Je ne comprends toujours pas comment j'en suis venue à être si attachée à lui, jusqu'à en être ivre de manque et de désir blessé. J'étais dans un état de dépendance absolue. Quand je n'entendais pas sa voix à mon oreille, je me liquéfiais dans l'attente. Et je sentais alors couler lentement, dans ma gorge, le doux poison du manque ; je le sentais se répandre dans mes muscles crispés et jusque dans la nervure de mes doigts. Je respirais alors à pleins poumons le parfum aliénant de l'attente. La suspension du vide. Je me refusais à mettre quelque rempart que ce fût. Je voulais me couler entièrement dans cette expérience, et la vivre totalement, intensément, en conscience. Car tout ça (la douleur, le doute, l'exaltation, la plénitude, le manque), c'était de la vie.

Quand le jour était gris, quand je devenais folle de son absence, j'allais nager. Je nageais sans m'arrêter, jusqu'à m'étourdir. Je cherchais à me confronter à mes limites, à trouver un passage, à forcer tout ce qui m'entravait, à vaincre la fatigue de mes muscles, le manque de souffle. Je voulais aller au bout, et sentir que la vie était là, encore là, palpitant en moi.

Ne cherchez pas à comprendre ce qui m'échappait, même à moi. Je ne sais pas pourquoi lui et pas un autre, je ne sais pas pourquoi j'ai entendu son appel, pourquoi je l'ai écouté, ni pourquoi j'y ai répondu. Et rien ne sert de psychologiser dans ce cas-là, car il n'y a pas d'explication satisfaisante, rien qui soit accessible à notre entendement. Débarrassez-vous des raisons à la fin.

Il était là, il se déposait en moi, il grandissait en moi, et l'invisible lien croissait, se nourrissait de nos baisers, de ses paroles, se déployait dans le champ fertile de ma solitude, et bientôt mes jours, mes semaines, furent orientées vers lui.

J'étais encore dans cette ascension, dans ce mouvement de déploiement, quand est intervenu l'épisode des carnets, et peut-être percevez-vous mieux à présent ce que je perdais, ce qui, littéralement, me coupa le souffle. Vous saisissez aussi sans doute mieux la colère de Mathias, et son désarroi, le pauvre, lui qui n'avait rien vu venir, lui qui ne pouvait imaginer cela, lui qui voyait à ce moment-là à quel point je l'avais trahi, trompé, humilié. Comme je la partage, cette blessure, cette plaie sanguinolente incisée dans son orgueil. Toute cette histoire me glace quand je pense à ce qu'il a dû souffrir, car il serait absurde d'attendre qu'il l'accepte, qu'il puisse concevoir que je l'aime et que j'en aime un autre, qu'il soit mon socle et qu'un autre soit mes ailes. Mais qui peut exiger d'être comblé par une seule personne ? L'amour, comme le reste, a ses petits arrangements, mais ils sont souvent inacceptables. Bien sûr, c'est inacceptable. Je comprends tellement que Mathias en soit détruit. Je l'aurais été à moins. Mais enfin, comment faire autrement ? Aujourd'hui encore, quand je pense à Ismaël, le désir m'oppresse. Pas seulement le désir physique, charnel ; mais le désir de sa présence, de sa voix, de sa douceur, le désir des mots qu'il pose sur le monde, et aussi le désir de ses vanités, de sa démesure, de ses impossibles contradictions.

C'est ma faute. C'est entièrement *ma* faute. J'aurais dû me retenir d'écrire, ou mieux dissimuler mes carnets. J'aurais dû protéger Mathias, ne pas me laisser aller à cette légèreté, à cette négligence... Dissimuler davantage la seule preuve que sont ces carnets... Ces fausses preuves d'ailleurs, devrais-je dire, mais ça je ne l'ai compris que plus tard.

Ismaël se rendait à un vernissage et il m'avait proposé de l'y rejoindre, mais j'avais fait mine de ne pas entendre. C'était loin, j'étais fatiguée, il y avait les enfants, tout cela m'épuisait d'avance. J'avais d'ailleurs presque oublié cette invitation, à peine entendu l'heure et le lieu, et cela m'est revenu tandis que je nageais, férocement, rageusement, pour éteindre cette colère que j'éprouvais envers moi, envers la terre entière aussi, car il ne faut jamais négliger sa mégalomanie ; et cette pensée ressurgie inopinément m'a temporairement apaisée. Il m'a semblé, à ce moment-là, y voir une porte, une issue sur laquelle je pouvais centrer mon attention, un levier d'action enfin, pour moi qui me sentais dépossédée, contrainte, acculée comme une bête dans sa tanière. Si cette histoire devait prendre fin, du moins voulais-je y mettre fin à ma façon. S'il fallait que ça finisse, au moins pouvais-je espérer une fin décente.

J'ai attendu que Mathias rentre du travail et j'ai quitté la maison sans dire où j'allais. C'était quelques jours à peine après le drame, et j'étais alors aux prises avec la folie de Mathias. Depuis plusieurs jours, il n'en finissait pas de me dépecer. Oui vraiment, c'est le mot. Il voulait *dépecer* mon âme. Sa jalousie l'étreignait et elle justifiait de me faire subir toutes les humiliations, toutes les déchéances, toutes les paroles acerbes de la souffrance aveugle. Comment aller contre une telle force de fureur, un tel déchaînement de douleur ? J'aurais dû savoir réagir, mais j'étais anéantie, voyez-vous. C'était comme s'il s'acharnait sur ma carcasse et qu'encore et toujours il voulait *davantage*. Ma dignité, ma fragilité, ma force, ma peau, ma chair, et tous les fluides de mes humeurs. Comme s'il voulait savoir ce qu'il y a *au fond*. C'est assez drôle d'ailleurs, parce que rapidement après toute cette histoire, quand il a été évident que tout était fini et que je commençais à pressentir que rien n'avait commencé, j'ai compris à quel point j'étais *vide*, et c'était comme si *rien* ne pouvait me remplir.

J'ai marché longtemps dans la nuit, j'avais besoin de m'étourdir. Je tremblais un peu. La rue était pleine d'ombres amassées. Je chancelais, une sourde fatigue m'étreignait, car vous imaginez bien, j'avais à peine dormi depuis trois jours, et tout flottait autour de moi. Rien ne semblait vraiment soutenir mes pas. J'étais aux aguets, sursautais au moindre bruit, m'attendais toujours à ce que le monde, d'une minute à l'autre, s'écroule.

J'ai hésité devant le porche de l'immeuble. La galerie se trouvait au fond de la cour, il fallait franchir un portail et traverser un patio sombre aux pavés irréguliers. J'apercevais depuis la rue la lumière de la soirée qui perçait à travers la porte vitrée. Je n'osais pas entrer. Je ne connaissais personne à l'intérieur. J'ai arpenté la rue un moment, m'attendant à le croiser. J'ai imaginé qu'il me verrait peut-être, lui aussi, depuis l'autre bout du trottoir. Il me reconnaîtrait, s'immobiliserait pour me regarder venir à sa rencontre. Il ne serait pas question de s'embrasser bien sûr, impossible en pleine rue. Mais il esquisserait un sourire, une sorte de moue goguenarde. Il savait que c'était fini, que ce n'était plus possible, que nous étions perdus l'un pour l'autre. Alors j'imaginais aussi qu'il me verrait et que je lirais la colère sur son visage, qu'il ne voudrait même pas me parler, ou bien il me demanderait juste : qu'est-ce que tu fais ici ? Et alors mes yeux scintilleraient d'une détresse qui éveillerait peut-être sa pitié.

Je l'attendais avec cette inquiétude moite du doute. Je n'étais plus tout à fait sûre d'être encore quelqu'un. Pourtant j'étais là. Et c'était bien la seule chose que je pouvais encore faire : être là. Quitte à m'écrouler devant son regard froid, devant sa confiance trahie qui glacerait ses yeux, ses mains, ferait tressaillir son corps entier. Je voyais les gens franchir la porte cochère, les invités affluer en coulées régulières. Il n'était pas là. Après tout, peut-être avait-il changé ses plans. Peut-être ne viendrait-il pas.

Je me suis engagée dans la cour, emboîtant le pas à un couple, ce qui pouvait laisser penser que je les accompagnais. J'étais dans un état étrange, tout mon corps en tension, dans une forme d'égarement, et en même temps tout se dessinait devant moi avec une netteté accrue. J'observais chaque chose intensément : les hauts murs blancs, l'aspect austère, industriel, de l'énorme cube que constituait la galerie, les escaliers métalliques conduisant à la mezzanine, le silence respectueux, les chuchotements, les bruits de pas sur le sol. Au mur, des tirages grand format en noir et blanc. Un artiste turc, appris-je alors.

Je me suis efforcée de regarder les photos. J'ai essayé d'en pénétrer l'émotion. Curieusement, la contemplation me rassérénait. Je me disais : s'il faut *voir* quelque chose, c'est maintenant ou jamais. Allez comprendre les pensées qui vous passent par la tête dans des moments comme ça… Il y avait un paysage de chemin disparaissant au détour d'un virage sur le flanc d'une butte ; un peu plus loin un corps qui refermait sur lui ses mains crispées de désir ; puis les longs tentacules d'une agave à côté d'un visage plissé de vieille femme ; un arbre tortueux couché par le vent ; un plumet de paon, coudoyant la silhouette courbe d'un homme étendu ; une ligne de craie traçant un cercle blanc sur l'asphalte, et le visage d'un homme sous l'eau cherchant à reprendre sa respiration. Longtemps, je me suis abîmée dans ces images fantasmagoriques. Et pourtant, c'était chaque fois moi que je regardais : la vitre du cadre, jouant des reflets de la lumière, me renvoyait avec netteté mon visage et tout ce qui m'entourait en surimpression. Je voyais l'image, et je me détachais *sur* l'image, et je distinguais les gens derrière moi, qui entraient, sortaient, marchaient dans la pièce.

Je me suis attardée, j'ai bu le silence du lieu, écouté les battements de mon cœur. J'ai étiré le temps. Ai cherché l'apaisement dans le chaos de mon esprit. J'ai tourné dans la galerie, contenant avec peine un désarroi que je sentais grandir en moi. Et s'il ne venait pas ?

Je me suis finalement arrêtée devant l'arbre tortueux, résolue à ne plus m'en détacher, à absorber l'image, à l'avaler à force de contemplation. Bien sûr que cela est possible. Bien sûr que j'y croyais.

Je voyais mon reflet et celui des visiteurs qui entraient derrière moi. Et c'est à ce moment-là qu'il est apparu. Mes mains se sont mises à trembler. C'était maintenant. Je sentais les pulsations effrénées de mon cœur. C'est normal, pensais-je, c'est normal, c'est simplement l'effet du passage. L'instant où le réel s'échappe du cadre. Tandis que je m'appliquais à endiguer le flot de mes émotions, je l'observais dans le reflet de la photo. Comme je lui tournais le dos, il ne m'avait pas vue. Il s'était dirigé sans hésitation vers un tableau à l'autre bout de la pièce, il le prenait en photo avec son téléphone, chacun de ses gestes était précipité, efficace comme ceux d'un homme pressé qui a tant de choses à faire. Il a échangé quelques mots avec l'artiste et il s'apprêtait à partir quand je me suis campée devant lui. Il a souri.

Nous avons marché dans les rues en silence. C'était fini : nous n'allions plus nous revoir. Je lui disais si peu, tant j'avais honte d'avoir précipité notre histoire naissante à sa fin, et lui si lointain soudain, à la fois si soucieux, si grave, et pourtant tout était plutôt léger, sans pesanteur, car ce n'était pas possible, voyez-vous, pas possible que ce soit fini, alors que, vraiment, qu'est-ce qui s'était passé ? Et je ne savais plus très bien déjà, et lui paraissait à peine plus affirmé que moi, tout juste conscient de notre présence dans la douceur de la nuit qui nous enceignait.

Ce n'est que bien plus tard que j'ai compris cette étrange opacité.

Pour l'instant j'étais face à Ismaël, et pour la dernière fois. Faisons comme si nous devions nous voir demain, m'a-t-il dit. Et il m'a prise dans ses bras. C'était doux, immensément doux, salutaire.

J'ai levé mon visage à la hauteur de son oreille et je lui ai murmuré un poème de Mahmoud Darwich, parce qu'il était notre point de jonction, notre poète de cœur à tous deux. Et que je sentais comme il était nécessaire, impérieux même, de partager le trésor de ses vers, de l'inscrire en nous, de le sceller :

Cette année est difficile.
L'automne ne nous a rien promis,
Nous n'avons pas attendu les messagers
Et la sécheresse est telle qu'en elle-même : une terre souffrante
Et un ciel doré.
Que mon corps soit mon temple.

Je lui ai dit le poème en guise d'au revoir, et puis ce fut tout. L'instant d'après il avait disparu. Je me suis retrouvée seule dans la rue, grelottant dans le jour pâle comme après un réveil douloureux, assistant, impuissante, à la mort du petit feu que j'avais si bien fait naître toute seule, entretenu toute seule, bien caché sous les plis de ma robe, sous la masse de mes cheveux, et c'est toute ma vie qui est alors devenue en une seconde terne et indifférente.

… À toi d'atteindre le pain de mon âme
Pour te connaître toi-même. Et je suis sans limites,
Si je le désire :
Avec un épi, j'agrandis mon champ.

Et j'élargis cet espace avec une tourterelle.
Que mon corps soit mon pays...

J'aurais besoin de sortir, vous avez raison. Besoin de danser, de boire, de me remplir la tête de musique, de philosophie, de grands textes et de grandes idées. Platon explique la naissance d'Éros par l'alliance du manque et de la plénitude. Éros est le rejeton improbable de Poros, l'abondance, un père sage et riche, et de Pénia, la pauvreté, qui n'est ni riche ni sage. Ne trouvez-vous pas qu'il y a là matière à gloser ? J'aurais besoin de l'échauffement stimulant des esprits, de la joute saine avec les concepts philosophiques, histoire de mettre un peu d'ordre dans mon intériorité saccagée, dans ma débandade intérieure, dans mon âme fourbue.

Très honnêtement, je ne sais pas vous dire où nous en serons, Mathias et moi, quand nous arriverons. Les choses fluctuent, rien ne se fige... Il y a des jours où nous ne nous supportons plus. Où je sens la colère sourdre, le perpétuel reproche muet que je lui adresse, celui de ne pas avoir su se contenter de la vérité, inacceptable, et de lui avoir préféré un scandale intime, de m'avoir extorqué des aveux comme on les aimait du temps de l'Inquisition, des aveux sans souci du vrai, sans accroche au réel, des aveux qui confortent la spéculation et qui alimentent la fureur, des aveux qui donnent une bonne raison de se détester. Je lui en veux d'avoir eu besoin d'aller au fond des choses, de prétendre les maîtriser. Alors que si souvent aller au fond des choses l'indiffère. Voire le rebute. Et figurez-vous que, tandis que je sens la colère monter en moi, toute prête à jaillir de façon incontrôlée, le voici justement plein d'attention, de bienveillance à mon égard, le voici comme je n'attendais plus qu'il soit depuis des années : aimant, sensible, doux, fort aussi. J'ai pourtant tant attendu qu'il ouvre les yeux, qu'il me *regarde*, qu'il s'enquiert de moi, qu'il partage ma vie en dehors des préoccupations matérielles et minuscules qui ne sont que les parasites d'une conjugalité harmonieuse. J'ai tant attendu qu'il se couche avec moi le soir, qu'il s'intéresse à moi simplement en me posant des questions sur ma journée, qu'il ait envie de sortir à deux, qu'il soit fier de moi, qu'il s'enorgueillisse que je sois sa femme, son amante, la mère de ses enfants, et toutes ces choses vaines qui contredisent la sagesse épicurienne, qui ne font que flatter l'ego, dont il faudrait être assez sage pour se passer, mais je le suis si peu, sage, vous l'aurez compris, et si j'aime tant la sagesse, si la philosophie m'émerveille à ce point, c'est aussi parce que j'ai conscience d'en être loin et de connaître à peine l'étendue de mon ignorance et de mes faiblesses.

Ce n'est pas de la fausse modestie, c'est un constat affligeant que je fais régulièrement. En ce qui concerne Mathias par exemple, voyez comme à présent qu'il a réagi, qu'il a compris qu'il devait occuper l'espace vacant de ma vie et de mes pensées ; à présent qu'il comble toutes mes attentes ainsi qu'un bon élève devançant les désirs de son maître, je m'aperçois qu'il ne comble rien du tout. C'est comme si c'était trop de volonté, ou trop d'artifice, ou trop tard tout simplement. C'est cruel. C'est insupportable.

Ma culpabilité n'a plus de limites. Je suis coupable de ces idées troubles, confuses ; et de tout ce qu'il y a d'irrésolu en moi ; et de ne pas me satisfaire de ce nouveau compagnon idéal qui me sert sur un plateau d'argent tout ce que j'avais renoncé à demander ; et coupable de ces accès de vide ; et coupable aussi de ne pas me laisser enfermer dans le confort amnésique du quotidien, dans cette jolie cage sans barreaux aménagée pour un plaisir dont je n'ai que faire, avec des rideaux en dentelle et une certaine chaleur. Mais je n'y peux rien.

Et puis il y a sa colère à lui. Brusque, qui éclate sans crier gare. J'apprends à anticiper ces moments. Et je les redoute. Chaque fois que je reçois un message, encore aujourd'hui, j'ai peur que ce soit lui, pour me dire : « je pars » ou « ne reviens pas ». Sa colère, légitime sans doute, je ne sais plus la soutenir. Sitôt qu'elle éclate, je sens mes forces m'abandonner. Alors que ce serait à moi d'être forte, n'est-ce pas ? À moi de tenir et de durer. Mais sa colère qui se déchaîne, tout comme sa colère muette d'ailleurs, celle qu'il cherche à contenir et qui transpire dans les plis de son front, dans les soupirs de ses insomnies, dans les claquements de porte et les journaux jetés sur la table, dans son regard soudain fixe, rivé sur quelque chose d'absent, cette colère-là, je n'arrive plus à l'affronter.

Ce sont des moments de crise qui passent comme un coup de vent en mer. Et dès que la colère passe, il l'oublie. Considère qu'il s'agit là d'un égarement, et il a tôt fait de croire qu'elle n'a jamais existé. Il ne doute pas un instant qu'elle ne revienne jamais. Il essaie de me faire croire que je me suis méprise : j'ai interprété comme des signes ostensibles d'agacement ce qui n'était rien d'autre qu'une maladresse d'action… Et il s'excuse si j'ai cru que… si j'ai pensé à… il est désolé, mais je lui ai prêté de fausses intentions. Et je tremble alors de l'envie de lui dire que lui aussi il se trompe, depuis le début il se fabrique une histoire qui n'a eu d'existence que dans mon cerveau probablement dérangé, mais comment pourrait-il avaler une réalité aussi aberrante, aussi contraire aux représentations du possible ? De tout temps les couples se sont fait des infidélités. Cela existe, c'est une réalité tangible, acceptable puisqu'elle est avérée, puisqu'elle correspond à un *modèle*. Mais qu'une femme imagine, au point d'y croire, qu'un homme soit son amant, sans même que l'homme en question ne paraisse être informé de quoi que ce soit, cela non, ça n'existe pas. Cela ne s'est jamais vu. Et croiriez-vous que j'ai moi-même été dupe de mes propres élucubrations ? Il serait trop simple de vous faire penser que c'est Mathias qui, poussé par un aveuglement furieux, meurtri par ce qui ne constituait aucun doute à ses yeux, n'a pas été en mesure d'entendre qu'il se trompait. Il serait trop commode et en même temps trop inique de vous laisser croire que je ne suis pas sujette aux mêmes représentations préconçues, aux mêmes codes facilement identifiables ; et bien évidemment, dans le fond, comme nous tous, le plus souvent, je me contente de faire en sorte que le réel se conforme à ces codes. La complexité du réel n'y est pas certes, mais du moins sommes-nous rassurés par un schéma connu, maintes fois joué et rejoué dans les vaudevilles, dans les mauvais films de grand spectacle et aussi dans les films à petits budgets, et dans les mauvais livres comme dans les chefs-d'œuvre.

Comment peut-on dire qu'il ne s'est *rien* passé quand il ne s'est pas passé *quelque chose* ? Moi, j'ai préféré le quelque chose au rien, et qu'importe si le quelque chose n'a pas eu lieu. Ça vous échappe ? Je vois chez mes élèves combien ils peinent à appréhender la subtilité, la nuance, la complexité qui est le propre du réel. Je leur faisais lire dernièrement ce magnifique poème de Robert Desnos, *J'ai tant rêvé de toi*. « J'ai tant rêvé de toi que tu perds ta réalité. » Les élèves ne comprennent rien à ce poème. C'en est désespérant. « J'ai tant rêvé de toi que mes bras habitués en étreignant ton ombre à se croiser sur ma poitrine ne se plieraient pas au contour de ton corps, peut-être. » Les élèves proposent une interprétation : il est amoureux d'une ombre, d'un fantôme. Éminemment réducteur, vous êtes d'accord ? Et la femme réelle alors, demandé-je ? Elle est peut-être morte, disent-ils, c'est pour ça qu'il parle d'un fantôme. « J'ai tant rêvé de toi, tant marché, parlé, couché avec ton fantôme qu'il ne me reste plus peut-être, et pourtant, qu'à être fantôme parmi les fantômes et plus ombre cent fois que l'ombre qui se promène et se promènera allègrement sur le cadran solaire de ta vie. » Ils sont rétifs : ce texte est incompréhensible, disent-ils. Ce poète est un grand malade, concluent-ils arrogamment du haut de leurs seize ans et demi. Ils ne comprennent pas la puissante source de création qu'est le rêve. Ni comme il se détache du réel pour se déployer, pour étendre sa fougue, et sa force. Ils ne perçoivent pas sa vie autonome et secrète, qui s'engendre elle-même, se nourrissant de fantasmes et de visions, libérée de l'imperfection du réel. « Et que, devant l'apparence réelle de ce qui me hante et me gouverne depuis des jours et des années je deviendrais une ombre sans doute. » Rêver d'une femme, ce n'est donc pas rêver de *cette* femme, voir en rêve un individu qui serait *cette* femme. Rêver d'une femme, c'est rêver *à partir* de la réalité d'une femme, mais ce n'est qu'un appui, un point d'accroche, et que faire ensuite d'une réalité indigente et imparfaitement maîtrisée ? La femme n'est dans ce cas jamais que l'objet du rêve, ce sur quoi le rêve agit, et sa passivité grammaticale autorise toutes les distorsions de la part du poète qui substitue au réel décevant (la femme qui l'ignore, la femme absente, et puis de toute façon ce réel trop réel) un fantôme, un avatar, dont la présence tout aussi intense, presque aussi palpable que la femme en chair et en talons aiguilles, irradie dans le monde jusqu'à modifier nos perceptions.

Rien à faire : leurs esprits achoppent. Ils se bornent à dire que le poète est timide devant celle qu'il aime : « Je pourrais moins toucher ton front et tes lèvres que les premières lèvres et le premier front venu. »

Ils disent que le poète veut mourir pour rejoindre celle qu'il aime, devenir un « fantôme parmi les fantômes ». Ils ne voient pas la vigueur du rêve qui menace tout simplement de l'absorber, de l'avaler, de le dissoudre. À aucun moment ils ne remettent en question l'autorité du réel, ces faux petits rebelles, ces frondeurs de pacotille. Ils pensent que le réel a les pleins pouvoirs et que le rêve n'est qu'un hobereau de basse extraction ; un passe-temps au mieux, de quoi se divertir, toujours fort inutilement d'ailleurs, à perte, rien de *sérieux*, rien qui puisse faire de l'ombre au réel, souverain, omnipotent. Comme ils se trompent… Ne voient-ils donc pas, ne serait-ce que confusément, la porosité de la frontière ? Ne sentent-ils pas que le monde du rêve, pour peu que l'on s'y attarde, entre dans une lutte à armes égales avec le principe de réalité, qui s'en trouve, vraiment, menacé ? Je sais que l'on peut ne pas revenir d'un rêve. Je sais que l'on peut y vivre très longtemps, à la manière de ces chevaliers retenus prisonniers par la fée Viviane dans une chambre du palais de son Val sans retour. Vous êtes trop terre à terre pour ce genre de considérations ? Vous croyez peut-être que tout ça ne vous concerne pas ? Je ne vous crois pas tout à fait. Peut-on décemment vivre dans une ville somnolente du fin fond de l'Asie centrale, une ville tentaculaire, cosmopolite, une ville anachronique où la charrette à bras jouxte la laideur du béton armé, le tout dans un écrin de verdure, sans adhérer un tant soit peu à la force magnétique d'une harmonie fantasmée, quand cela serait simplement un principe de survie ?

Dans toute relation humaine, il y a la fine peau des apparences. Il y a le relief, ce qui affleure en surface. Parfois, ce n'est qu'une pellicule translucide, fine comme un papier de soie, douce comme un pétale de rose, derrière laquelle on devine une profondeur, et il suffirait d'un rien (du moins c'est ce qu'il me semble alors) pour que la vérité de l'être perce le film, nous atteigne, et peut-être nous dévore. Et c'est pourquoi les moments de silence, où seuls parlent les regards, sont à la fois si troublants et si beaux. On se retient souvent, mais on sent frémir là, juste derrière, la palpitation d'un désir, l'offrande d'un cœur sur le bout des lèvres, l'ouverture impudique et sublime d'une sincérité abyssale. On ne sait pas quoi en faire. Souvent je suis embarrassée. Je panique à l'approche de ces signes. Mais parfois cela se fait si simplement, dans les ombres d'une nuit sans lendemain au cours de laquelle le vin et les volutes de tabac rendent tout à la fois plus intense et plus léger, où flotte, pareille à une nébuleuse, toute l'ambiguïté du secret, dans ce temps comme suspendu, contenant le passé et l'avenir.

Il est bon que ces moments existent. Ces moments d'une autre réalité, et tout paraît absolument vrai alors. D'une telle *absolue vérité,* que la peau qui nous sépare de l'autre paraît amenuisée, dérisoire, et qu'il m'est arrivé bien des fois de penser qu'elle s'était percée, et avec Ismaël, comment savoir où nous en étions ? Nous étions devenus, au fil de nos rencontres, de nos échanges, si complices, si soudés dans nos aspirations que la simple connexion de nos pensées paraissait une évidence, que de nous voir, simplement de nous *voir*, suffisait à nous emplir d'un de ces bonheurs légers, fragiles, volatils, et si doux à respirer. Alors qu'importe que ces baisers, ces étreintes, ces folies du corps n'aient jamais existé que dans l'espace très circonscrit de mes pensées ; est-ce que cela y change grand-chose finalement ? Et peut-être que tout cela existe bien davantage du fait que je l'ai écrit dans mes carnets que si nous nous étions réellement aimés sans qu'il en persiste aucune trace… Tout cela vous scandalise ? Vous trouvez que j'ai l'esprit tordu ? Vous, naïvement, vous pensez qu'il suffit qu'une chose arrive pour qu'elle existe ? C'est-à-dire que vous pensez qu'il suffit que quelque chose soit réel pour exister. Et vous en déduisez un peu facilement que la réciproque est vraie. Qu'il suffit qu'une chose existe pour être réelle. Vous poussez même la complaisance jusqu'à admettre un raisonnement par l'absurde : il suffit qu'une chose n'existe pas pour qu'elle ne soit pas réelle. Vous en saisissez la perversion ? Mais enfin, je ne vous juge pas. Après tout, vous vivez à Tachkent… À force d'éprouver la rectitude soviétique, de voir marcher en cadence une armée au service de l'arbitraire délirant d'un seul homme, je comprends que votre propension à accueillir un certain vacillement dans la connaissance du monde sensible et intelligible soit limitée. Je comprends qu'il y ait là quelque chose d'indécent, voire d'infamant. Ce n'est pas si grave. Il y a plein de gens qui pensent comme vous, vous savez. C'est même plutôt pratique, cette façon de concevoir le monde avec les œillères de la pensée dialectique. Ça évite bien des confusions. Car moi, sans doute un peu naïve, un peu à fleur de peau et probablement mal gardée contre les vicissitudes, je me suis tout de même bien pris les pieds dans le tapis. J'ai failli foutre en l'air mon non-mariage, et tout ce qui va avec. Imaginez mes enfants. Eux encore si petits, si préservés des dures réalités de ce monde, grandissant dans un cadre à peu près favorable à leur épanouissement, et de fait grandissant bien, grandissant droit ; et si l'on excepte certains traumatismes bénins inévitables qui les poursuivront jusqu'à un âge avancé, je crois pouvoir dire que nous leur donnons toutes les chances pour prospérer dans les meilleures conditions qui soient, assurant leur hygiène morale et psychique du mieux qu'il se puisse faire. Peut-être que l'un d'eux sera dans votre classe : vous vous en rendrez compte par vous-même. Ce sont des enfants attentifs, curieux, respectueux, ayant déjà développé un sens de l'empathie et de la collaboration. Alors imaginez le drame, si leurs parents se séparaient. Je crois qu'ils n'ont même pas idée d'une telle éventualité. Elle n'appartient pas à leur univers de pensée. Et de fait, pour Mathias comme pour moi, cette absence de représentation chez nos enfants tient probablement une part non négligeable dans notre incapacité à nous imaginer l'un sans l'autre. Cela est inconcevable pour nos enfants, car *ça n'existe pas*. Et vous conviendrez qu'il y a de l'obscénité à imposer à ses enfants une réalité qui n'existe pas.

Nous avons donc tâché de vivre, cahin-caha, comme avant, en nous efforçant, chacun de notre côté, de faire mieux. Pour Mathias : une vie plus saine, plus à l'écoute de sa femme, plus présente pour ses enfants. Pour moi : une vie plus lisse, plus en surface, d'une transparence absolue. La glasnost et la perestroïka conjugales, en somme. Seulement voilà, outre l'aliénant sentiment d'ennui qui m'oppresse, j'ai cette conscience d'un temps figé. Depuis cette histoire, figurez-vous que le temps s'est arrêté. Le temps ne passe plus. Il y a bien les jours, les semaines, les mois qui s'égrènent comme les prières d'un chapelet. J'ai vu les soirs rallonger, les arbres bourgeonner ; j'ai senti le froid du petit matin moins vigoureux, mes mains moins gelées sous mes gants de laine ; j'ai vu le ciel s'empourprer tandis que je sortais mon vélo dans le jour naissant, les terrasses s'animer, les sorties d'école s'étirer au parc de la place, mais le temps ne passait plus. Le temps était mort, et un peu de moi avec. Le temps s'était mu en une attente immobile, sans objet, une attente longue de sa vacuité, de son espace de liberté vaste comme un ciel de nuit sans étoiles. Et tout cela finalement avant même cette autre attente, celle de votre délibération, qui m'aura tout de même permis de tromper l'attente en lui assignant un objet, de lui jouer un tour en substituant un espoir à l'autre, mais dans le fond cela n'y changeait pas grand-chose. Les jours se succédaient comme des perles sans éclat.

Connaissez-vous ces moments intimes où l'on

éprouve le grave sens du mot « désormais » ? Ces moments où les compteurs se remettent à zéro. On a alors la conscience aiguë d'un basculement, d'un angle choisi dans le chemin de la vie, d'une entaille percée au canif dans la peau de la vie. C'était à peu près ça. À cela près que les compteurs remis à zéro ne se réenclenchaient pas. Et, le temps passant, j'ai compris qu'ils n'allaient pas repartir d'eux-mêmes ; que quelque chose les en empêchait. Naïvement, j'avais imaginé que ça passerait, et que notre blessure profonde, si profonde et si solitaire, cicatriserait avec le temps, avec les baumes de patience, d'abnégation et d'attention à l'autre qui, appliqués quotidiennement, restaurent l'harmonie du couple, si l'on en croit les recettes vendues dans les livres de développement personnel. Mais bien évidemment ça ne marchait pas. Déjà parce que tout m'appelait, m'exhortait à sortir de moi-même, tout m'irritait ou m'indifférait, et imaginez le conflit intérieur quand j'avais justement résolu d'être une femme parfaite.

Notre vaste mascarade. Elle m'apparaissait insupportable certains jours. Dans la douloureuse sensation du temps aboli. Je ne comprenais pas : cette histoire avait finalement été si courte. Une goutte d'eau dans ma vie. Oui, mais c'était sans compter l'onde de choc : des répercussions bien plus vastes que le cataclysme lui-même. La base de la sismologie. J'ai compris ainsi que les choses n'iraient pas toutes seules. J'étais en train de me perdre. Toute seule.

Alors j'ai conçu l'expérience radicale de la vie

expatriée, la vie loin, très loin si possible, pour un choc à la mesure de nos blessures. Une sorte d'antidote si vous voulez, un contrepoison aussi violent que le mal lui-même, et qui nous sauve à coup sûr, une bonne fois pour toutes…

Et puis, si nous restions, comment ne pas penser à lui ? Comment me débarrasser de son fantôme, de son absence si pesante, qui continue de se rappeler à moi de façon intempestive ? Comment ne pas imaginer le croiser ? Comment penser que la facétie du hasard qui a déjà tellement œuvré ne nous joue pas un tour supplémentaire ? Et pour être tout à fait sincère, j'espérais autant que je redoutais cette rencontre fortuite.

Une seule fois, je l'ai revu. Et c'est vraiment étrange, voyez-vous : c'était comme si je l'avais convoqué. J'ai compris à ce moment-là combien j'y pensais, encore. Comprenez-moi, j'étais dans cet aliénant sentiment d'attente. Je cherchais une issue à ma vie. Et puis, comme je vous l'ai dit, partir était un lointain projet, une courbure dans l'horizon plat de la mer. Je me suis très vite rendue à l'évidence que nous ne pouvions pas continuer comme ça, Mathias et sa souffrance muette, et sa faille purulente, et son obstination à oublier, à faire comme si rien n'était arrivé, alors que tout était différent. Moi et mon impression d'inachèvement perpétuel, l'immobilité des jours, la lente agonie sirupeuse des jours, perdus dans de vaines batailles, l'obsédante inconsistance de tout, la beauté de la vie toujours déjà perdue, évanouie dans les volutes de fumée d'une cigarette oubliée sur le rebord d'un cendrier.

Mathias s'est mis à fumer plus régulièrement, le soir après le repas. Et puis à fumer de la marijuana qu'il achète par l'entremise d'un collègue. D'abord simplement le week-end, avec quelques amis, et bientôt la semaine aussi, comme ça, pour dormir, pour se détendre après une journée stressante. Nos vies sont folles, il faut au moins reconnaître ça. Nos vies sont des contradictions en acte. Je ne voudrais pas tomber dans le poncif du « perdre sa vie à la gagner », mais tout de même. Quelle place pour réfléchir, je veux dire pour réfléchir *vraiment*, pour se poser les bonnes questions quand de huit heures à dix-huit heures vous êtes sous la coupe d'un supérieur qui vous presse la cervelle pour en tirer le meilleur, lui-même étant le jouet d'instances supérieures qui ont réfléchi à sa place à la façon la plus efficace, optimale et la plus pernicieuse de bénéficier de votre plus grande capacité de travail et de sucer jusqu'à la moelle, mais l'air de rien et avec le sourire, la plus grande part de votre énergie et de votre faculté de raisonnement ? Comment ne pas vivre le reste du temps dans un brouillard qui pourrait être confortable, si ne persistait un vague clignotement, une sorte de signal lumineux (et vous aurez compris que je parle ici tout particulièrement de ce qui nous tient éveillés et conscients dans un monde où tout est fait pour nous endormir : l'art, la musique, la littérature, le cinéma, la philosophie), un scintillement persistant donc qui nous rappelle que notre vie est folle et que nous sommes les victimes consentantes de ce que La Boétie appelait la servitude volontaire.

Mathias s'est mis à fumer de la marijuana, comme s'il prenait soudain un peu trop conscience du cynisme de cette existence, et moi je deviens folle quand je ne vais pas nager pendant trois jours. Je sens alors un bouillonnement gronder dans mon ventre, une colère ivre s'emparer de moi, et rugir, et tempêter dans le bocal de mes pensées, et tout cela me rend dingue, comprenez-vous, j'enrage d'impuissance et de panique. J'ai besoin d'engourdir mon corps, voyez-vous, de faire taire ses appels, ses clameurs, son besoin d'assouvissement. Je nage et je me nettoie de l'intérieur, je me vidange de pensées impures et d'idées noires, de scories, de déviances de l'âme ; je ne garde que les pulsations régulières, les martèlements accrus des battements de mon cœur quand je sors, chancelante, du bassin.

Depuis quelques jours ou quelques semaines, un maître-nageur semble s'intéresser à moi. Aurait-il perçu ma folie, ma démesure, mon acharnement ? Aurait-il vu, à ma façon forcenée de brasser l'eau, de me couler en elle, de la prendre et de la repousser, de me liquéfier en somme dans l'élément qui m'accueille, de me faire plus eau que l'eau, combien je détonne parmi les autres nageurs, tranquilles, qui se délassent ou s'entretiennent ? Aurait-il perçu que je pratique une forme de nage métaphysique, une nage comme une pièce de théâtre où se joue chaque fois le tragique de la condition humaine ? La première fois, c'est quand j'ai croisé son regard en sortant de l'eau, et qu'il n'a pas détourné les yeux. Il a au contraire soutenu le mien impudemment, souriant avec une sorte de morgue dans le coin de l'œil. Et ses yeux m'ont suivie jusqu'à ce que je disparaisse après le pédiluve dans le couloir des douches. La fois suivante, il est venu se poster devant la ligne d'eau où je nageais, une jambe sur le plot de départ, le buste en avant, ses bras prenant appui sur son genou comme pour mieux sonder les profondeurs du bassin, comme pour mieux observer la course indolente des baigneurs, et malgré moi j'étais forcée de le voir, et il me forçait à m'extraire de mon univers intérieur, car je sentais son regard sur mon dos et je distinguais très nettement, à chaque respiration, ses yeux qui suivaient mon avancée rectiligne. Il s'est éternisé dans cette posture à peine modernisée du *Penseur* de Rodin, immobile comme s'il posait, n'étaient ces yeux perçants, aigus, qui me fouillaient l'âme sans qu'il y parût, sans que cessât le bruit concave des bras tapant la surface de l'eau et les battements écumeux des jambes. Et j'ai perdu la régularité de mon souffle. De nouveau mes pensées se sont entrechoquées, et il ne me fut plus possible de penser droit. Ce soir-là je suis sortie de la piscine encore plus désorientée qu'à mon habitude, et j'ai commencé à marcher le long de l'avenue sans même m'apercevoir que je ne prenais pas le chemin de la maison. Le fantôme d'Ismaël est apparu, marchant à mes côtés, muet, vacillant comme la flamme d'une bougie. La brûlure s'estompe, je le sens bien. Même si je ne cesse de me recueillir autour des dernières flammes, ça s'éteint. Pourtant il ressurgit toujours par moments, sans que je comprenne vraiment pourquoi. Je m'y habitue. Je m'accoutume à cette pointe douloureuse qui darde mes poumons. Je vis avec cette absence, son image qui menace de ressurgir à tout moment, qui pourrait, chaque jour, se confronter à sa forme réelle, existante, et pourtant si dissociée. Avec le temps, son existence rêvée avait pris plus de place que son existence réelle, voilà la vérité. Et tandis que j'errais sur l'avenue, j'ai entendu au loin, venant du port, le long sifflement d'un bateau en partance, un de ces mastodontes flottants dont la sirène retentit des kilomètres à la ronde, qui lancent au moment du départ un long cri d'adieu nous galvanisant de mélancolie portuaire et de la beauté surannée des vieux films de Fassbinder. Je me suis vue face à la dépossession de mon destin, que vous m'imposiez, et j'ai compris comme vous vous étiez fourvoyée, comme la force de conviction que j'avais su vous insuffler n'avait pas fait le poids face au froid calcul des bureaucrates.

Je comprends bien, vous n'avez pas les épaules pour imposer à vos supérieurs une candidature dont les failles ne peuvent être compensées que par d'impalpables motifs, par des raisons dont l'inconsistance, l'évanescence vous effraie, par une intuition que vous peinez à réprimer. Vous vous raisonnez, vous cherchez à vous convaincre en prêtant foi à ces calculs que vous ne pouvez vous empêcher de trouver dérisoires ; alors que, dans le fond, vous le savez : ce poste m'est dévolu et ce serait un regrettable crime sans préméditation que de l'attribuer à cette personne que vous vous apprêtez à accueillir, bien sous tous rapports assurément, compétente à n'en pas douter, mais sans nécessité, sans justification profonde de sa venue, alors que moi, justement, vous l'avez compris lors de notre entretien par webcam sans que je vous en dise rien explicitement, il est *providentiel* que ce poste me revienne, et les choses se sont ainsi agencées dans l'ordre du monde pour qu'il me soit attribué. Alors n'allez pas saccager l'impérieuse nécessité, n'allez pas contrevenir à l'ordre divin et occulte qui préside aux destinées humaines en donnant du crédit à de pauvres contingences, n'allez pas prêter votre foi aux marchands du Temple qui nient à grand renfort de chiffres, de moyennes, de coefficients et de courbes logarithmiques la transcendance qui nous relie au grand mouvement cosmique. Écoutez-vous pour une fois. Quand donc accepterez-vous que ce que le monde offre à notre regard de concret et de tangible n'est que la part émergée de l'iceberg, et que vit dans les profondeurs intestines de la mer une substance vibrante et foisonnante dont la complexité nous est encore tellement méconnue ?

Ne voyez-vous donc pas que vous n'en pouvez plus, vous non plus, vous si seule dans votre bureau trop bien rangé, le planisphère de convenance sagement punaisé au mur, les éternels dossiers en attente empilés perpendiculairement à l'angle de votre bureau, et dans un coin une photo encadrée de vos enfants, une photo prise il y a longtemps déjà, dans un moment de bonheur saisi avant qu'il ne s'échappe, et tenant en équilibre précaire sur un trépied miniature ? Où est le sens de tout cela ? Quelle est cette question sur le bord de vos lèvres que vous ne parvenez pas à formuler ? Écoutez donc, vous aussi, la clameur familière, redoutable, hippogriffe qui vous ronge les os, qui boit votre sang, qui vous cueille à la nuit tombante, dans la lente et difficile négociation avec les ténèbres. Vous savez, au fond de vous, que je dois vous rejoindre, et peut-être aussi tout ce que nous avons à faire ensemble. Vous n'attendiez d'ailleurs peut-être que cette lettre, que ce vacillement dans le monde limité de la pensée rationnelle, pour admettre que nous sommes proches, au point de nous confondre, que nous n'avons qu'une membrane de temps et quelques milliers de kilomètres à franchir pour être une seule et même personne.

Une seule fois, je l'ai revu. C'était un soir du noir hiver encore, je devais retrouver une amie pour boire un verre, et comme je descendais l'avenue à pied pour gagner le centre, je m'avisais que les rues étaient remplies d'une singulière animation, qu'une effervescence inhabituelle pressait les gens aux portes des restaurants et des cinémas. À l'entrée des boutiques, des couronnes de fleurs, la photo d'un couple enlacé comme une injonction à s'aimer, et sur le trottoir des cotillons rose pâle en forme de cœurs achevaient de se mélanger à l'humidité du bitume, piétinés par des centaines de pas qui les avaient progressivement rencognés jusqu'aux abords du caniveau : c'était le soir de la Saint-Valentin. Je m'abîmais un instant dans de troubles pensées en suivant le chemin de ces minces formes de papier, fragiles cœurs mièvres malgré eux, asservis à la consommation de masse et au diktat du bonheur, image de la légèreté et de la frivolité tant qu'ils virevoltent et tourbillonnent follement dans le vent, aussitôt dédaignés dès qu'ils jonchent le pavé, triste pourriture vouée à se fondre dans la boue. Et, sortie de nulle part, la pensée d'Ismaël ressurgit. Je me demandais s'il était du genre à fêter la Saint-Valentin avec sa femme. Si pour l'occasion il sortait le grand jeu, s'il l'emmenait au restaurant tandis qu'elle arborait ses plus affriolantes dentelles. Il n'était pas homme à suivre les conventions, à se plier au jeu social des représentations, mais il n'était pas non plus à une contradiction près. Alors j'imaginais les croiser dans la rue, eux deux enlacés et moi seule, moi et ma solitude m'enceignant la poitrine comme un fourreau de soie noire. Ce serait bouleversant, et je le verrais un instant déstabilisé. Nous nous contraindrions. Elle n'y verrait que du feu. Plus tard, dans la soirée, elle lui reparlerait de moi, disant qu'elle me trouve intrigante. Il répondrait d'un ton catégorique que j'ai l'air d'une petite sotte. Elle protesterait un peu, mollement : comme tu y vas, c'est un peu radical, nous la connaissons si peu cette brave fille, cette pauvre fille. Mais ce ne serait qu'un jeu de rhétorique, une indignation de façade, et leur complicité se trouverait raffermie par la méchanceté du jugement, et sa potentielle jalousie à elle serait évacuée, et ils passeraient une excellente soirée, et ils feraient l'amour cette nuit-là avec plus d'ardeur qu'à leur habitude.

J'ai retrouvé mon amie. Dans le troquet, il faisait bon, les conversations étaient animées, et j'ai chassé ces pensées à grandes gorgées de vin et de rire. Puis la porte s'est ouverte. Ils sont entrés. Ismaël et sa femme. Comme si je les avais convoqués. Comme si ma pensée avait pris la consistance du réel. Comme si le rêve, s'emparant du réel, pouvait faire advenir ce qui est habituellement relégué au champ secret et invisible du fantasme. Le tintement métallique de la petite cloche au-dessus de la porte a résonné comme un froissement liquide de verre brisé. Alors le monde a basculé. J'ai de nouveau senti l'emballement de mon cœur, j'ai perdu le fil de mes mots, je me suis embrouillée, ne sachant plus dans quel flot de paroles me réfugier pour que mon amie ne perçoive pas mon trouble.

Leurs yeux ont glissé rapidement sur l'ensemble de la pièce, moi y compris, sans s'y arrêter, et ils se sont installés dans un angle mort de la salle. Il ne m'avait pas vue. Et c'est à ce moment précis, à la conjoncture du hasard impensable et de la rencontre avortée que j'ai compris : il ne s'est rien passé. Ç'a été aussi violent et soudain qu'une déflagration. L'évidence s'est imposée à moi : rien de ce que j'avais imaginé vivre avec cet homme n'avait existé.

L'impensable du devenir dessine des cercles concentriques tout autour de moi. Des jalons à la puissance incantatoire dont le sens et la raison m'échappent. Moi seule, face à eux deux. Mes yeux perçants face à leur regard aveugle. Je vois leur entrée soudaine, comme si l'étendue du réel n'en finissait pas de fondre, de s'amenuiser, pour mieux s'engouffrer en moi, et diffuser son amertume dans tout mon corps. La violence de son regard vide, mon absolue transparence, et je comprends tout. Je réalise que ce n'est pas possible, que rien de tout cela n'est possible. Ce n'est pas lui, l'homme dans les bras duquel je me suis perdue. Cet homme-là était plus grand, avait les épaules plus larges, une chevelure plus abondante, une peau plus cuivrée. Rien à voir avec cet individu, ce parfait inconnu sur les pas duquel jamais je ne me retournerais. Il y a méprise. Il y a maldonne. J'ai suffoqué sur ma chaise sans rien montrer du venin qui s'infiltrait dans mon corps, diffusant son courant glacé dans les nervures de mes veines, paralysant mes membres, pétrifiant mes poumons, remontant le long de ma gorge. En quelques minutes, ma voix s'est voilée, puis s'est éteinte. Mon amie s'en est amusée : tu prends froid, a-t-elle dit, et elle a ri. J'ai fait semblant de sourire, semblant de l'écouter, semblant d'y être, mais en vérité je me trouvais très loin, dans le dernier bastion de mon intériorité blessée, dans la minuscule alcôve où elle s'était retranchée, ainsi qu'une anabaptiste de Münster au temps de la peste noire.

Je me suis échappée dès que j'ai pu et je suis rentrée chez moi. Je me suis éparpillée sur le lit, les yeux secs, grands ouverts dans le noir, et le lendemain, figurez-vous, le lendemain oui, j'ai reçu votre premier message me proposant un entretien la semaine suivante. Vous comprenez maintenant combien tout ceci n'est qu'une regrettable méprise ? Il y a de ces accrocs dans l'évidence du devenir qu'il faut savoir dépasser. La fatalité a ses avantages, mais il faut parfois passer outre, reconnaître l'incident, le hasard, et l'impératif catégorique. En l'occurrence, que votre choix se porte sur cette jeune femme pour de simples raisons de calendrier ne peut relever que d'un fâcheux accident dans le cours d'un monde rempli de contingences. C'est l'unique raison qui justifie ma lettre. Je ne me serais pas permis sinon. Vous voyez bien tout de même comme tout cela a plus de nécessité et de puissance que le vague et froid calcul comptable auquel vous avez consenti. Vous rendez-vous enfin à l'évidence ?

Quand votre refus est arrivé, il aurait été tentant d'être fataliste, de se dire que c'était la loi des séries ou une bêtise dans ce genre, donnant prise à la plus pure superstition, au pire obscurantisme qui soit ; un fantasme programmatique si vous voulez mon avis, et j'aurais pu en prendre mon parti, me coucher avec une verveine et attendre l'année prochaine (oui, la superstition marche par cycle, quand on a la poisse on attend que l'année passe). La fatalité est aussi une injonction à la résignation, une forme un peu élégante, un peu raffinée de l'acceptation servile d'un monde que l'on a si peu choisi. Le parangon d'une mauvaise foi mondaine, aristocrate et opportuniste. La fatalité a ses séductions, mais il faut se méfier de sa douceur fallacieuse. Alors j'ai pensé qu'il fallait que j'agisse, que je réponde à la salve d'indifférence par une salve de volonté opiniâtre. Et ce matin, je me suis levée avec une rage nouvelle. Une envie d'en découdre avec le monde. Ce matin, j'ai senti que je devais provoquer les événements, bousculer l'absurde cours des choses, détourner le cours de la rivière, la faire basculer dans un bassin versant, et qu'alors le temps pourrait se remettre en branle, s'asseoir dans sa durée en vieille reine décatie et parfumée, engoncée dans des volutes de rubans et de froufrous.

Au moment de partir, je regarde chaque chose autour de moi comme si c'était la dernière fois, et vous savez alors combien on s'apitoie, comment on s'accroche, à quel point tout, au moment de le perdre, se nimbe d'intensité, et quand bien même tout cela serait factice, quand tout cela ne serait que de la nostalgie précoce et mensongère, il est toujours temps de se souvenir de ce à quoi l'on tient. Ici le temps est mort ; allez savoir ce qu'il en sera plus tard, après, ailleurs. Ici, toujours, derrière toute chose, cette présence discrète. Ce morceau de présence, plutôt, car ce n'est jamais tout à fait lui. Cette présence fantomatique que sa présence réelle éteindrait, cette présence qui ne souffrirait pas la confrontation au réel, et qui pourtant s'en nourrit. Ici, sans cesse la menace, le risque de le rencontrer, et qui sait alors ce qui pourrait se passer, quelle trouble pensée pourrait jaillir de la confrontation avec le réel, avec cette part de lui que je n'ai pas construite ?

Nous partons donc, et, ne vous faites pas de souci, je sais pertinemment ce que je laisse ici et ce que j'emporte. Je sais la pesanteur du souvenir que la distance physique ne résout que partiellement.

Je connais la ténacité des fantômes, leur présence pugnace et velléitaire. Je sais que les souvenirs que l'on bannit trouvent des trésors d'ingéniosité pour se frayer un chemin jusqu'au cœur de vos entrailles, du plus sensible de vos nerfs. Je sais combien la solitude est souveraine, imparable, au fin fond du désert du Kyzylkoum comme au cœur de la métropole la plus animée. Je ne me fais pas d'illusion sur ce que je ne trouverai pas à Tachkent. Mais laissez-moi y croire. Laissez mon rêve se déployer, s'étendre, exister dans l'espace illimité de mes projections.

À présent que tout se précipite, que notre venue prend des tournures concrètes, je me demande comment se passera notre première vraie rencontre. Car un échange vidéo par webcam, surtout dans les mauvaises conditions qui furent les nôtres, c'est à peine plus que la photo d'une promise dans un médaillon. Mais maintenant que je vous ai offert sur un plateau d'argent le plus inavouable de mes secrets, la pierre philosophale de mes plus obscures motivations, des profondeurs matricielles de ma vie, et que vous lisez ceci, je ne doute pas que vous attendiez de me rencontrer. L'impatience est partagée figurez-vous, c'est étonnant comme on s'attache, malgré soi, aux personnes à qui l'on se confie, et comment naît une forme de complicité alors que c'est absurde, vraiment, vous savez tant de choses sur moi quand je ne vous connais que par conjectures. C'est incroyable, un tel déséquilibre entre nous, et pourtant je ne vous en veux pas. Et pourtant je n'ai pas honte. Si peu de réticence. Je finis par penser que nous nous entendrons bien, que pourrait naître entre nous une de ces amitiés étonnantes, faite de complémentarité plus que d'affinité, à la source de laquelle puisent les richesses fertiles de la création et de l'ouverture. Je nous imagine dans la légère ivresse du vendredi soir, un mélange de fatigue et de *shampanski* après les cours, l'impression du devoir accompli, et vous parleriez alors librement de la dépossession du soir qui naît de la prise de conscience du temps éthéré et insoutenable ; et nous toucherions ensemble la distance qui nous sépare et nous relie l'une à l'autre, si tant est qu'il soit question d'espace et non simplement de durée, votre visage n'étant qu'un reflet un peu vieilli du mien dans la vitre entrouverte du patio. Et alors que je serai vous, que vous trouverez dans ce mirage souriant le souvenir de celle que vous avez été, nous aurons toutes les deux cette conscience aiguë du flux vital qui nous porte, de la vibration d'une substance invisible au bout de nos doigts, comme une matière que l'on modèle, que l'on façonne ainsi qu'une caresse révélant l'incarnation du corps pour contrebalancer notre minuscule insignifiance et tenter d'accorder la discordance du monde à une forme d'harmonie toujours à venir, toujours promise.

Alors je termine là cette trop longue lettre qui n'est finalement que les prolégomènes de notre relation future, et je vous prie d'agréer l'expression de ma profonde sympathie. Accueillez-moi, c'est votre seule chance d'exister telle que je vous ai construite. Il faut bien que je vienne, pour que je vous sauve, pour que vous puissiez être la directrice du lycée de Tachkent, et m'accueillir, et me fondre en vous, et me faire telle que vous m'êtes apparue un instant, déterminée, fragile, faillible, et inscrite dans cette épaisseur de vous-même, rayonnante de vos mille visages.

ILS ONT COLLABORÉ À CE LIVRE :

PIERRE FOURNIAUD
DIRECTION ÉDITORIALE ET COORDINATION

ÉDITH NOUBLANCHE
RELECTURE

CORINNE BERNARD
CORRECTION

BRUNO RINGEVAL
COMPOSITION

DONATA JANSONAITÉ
IMPRESSION

MARIE-ANNE LACOMA
SUIVI COMMERCIAL ET PROMOTIONNEL

FLORA MORICET
RELATIONS PRESSE

LES ÉQUIPES DU CDE ET DE LA SODIS
DIFFUSION ET DISTRIBUTION

AGENCE TRAMES
CESSIONS DE DROITS

LES LIBRAIRES
COMMERCIALISATION ET PROMOTION

DÉPÔT LÉGAL : AOÛT 2022
IMPRIMÉ EN UE